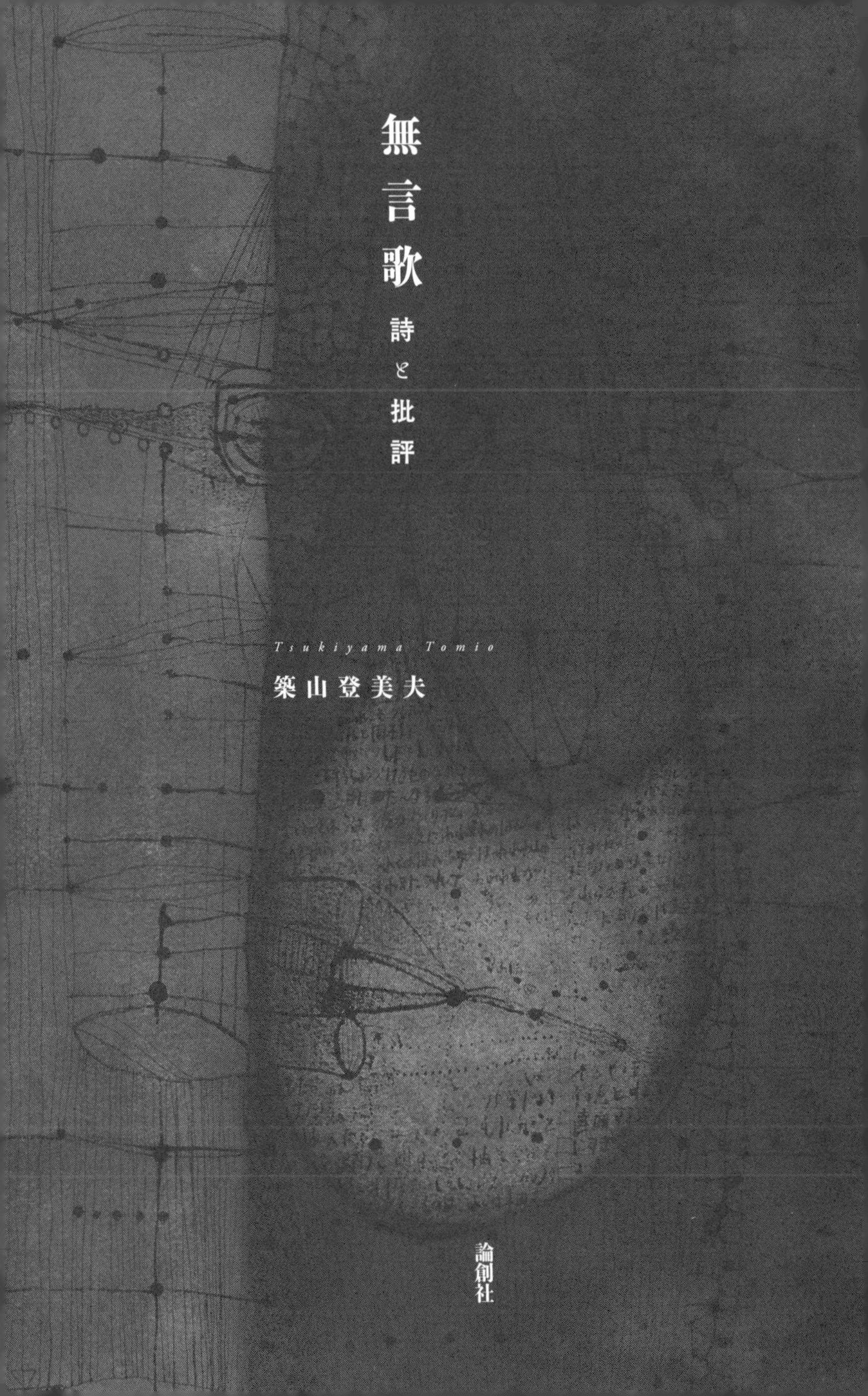

無言歌

詩と批評

Tsukiyama Tomio

築山登美夫

論創社

無言歌　詩と批評　目次

Ⅰ　詩　二〇〇九―一五

Ⅱ　詩人のかたみ　吉本隆明論抄

Ⅰ　詩

二〇〇九—一五

できそこなひの唄

できそこなひの親から生まれ、できそこなひの人となり、
できそこなひの子をなした男、こゝに眠る、とか、

コノ男、論理的ナル論理的ナル、
非論理的自殺ヲ決行セリ、とか、

狂気といふのは、この先悲惨な結末が待つてゐると、
知りながら女を抱くことだ、とか、

愚者達ノ船ニ乗ツテハヰルガ、
私ガ此ノ世デ最モ叡智ニ充チタ者ダ、とか、

不思議な記号を頭に鏤めた男が走つて行く、

詩がわからないつていふのは人間がわからないつてことだぜ、
つて云へるほどの詩をきみはつくつてきたつもりかね、とか、

遥カナ空ヲ往ク者ヨ、私ハ地上ニ張リ巡ラサレタ網ニ
足ヲ搦メ取ラレナガラ這ヒ廻ル鼠ダ、とか、

時折りどこからか魔の光が右脳に射し込んできて、
私はそれを書き留めただけなのです、とか、

不思議な記号を身に纏つた男が走つて行く、

(今日、母ガ、サラバヘ、鳥ガラノヤウニ瘠セコケタ母ガ、ツヒニ、
ナドト云ツテモ、近イ親族以外ニハ、何ノ感興モナイコトデセウガ、)とか、

紛糾に巻き込まれても、はげしい鬱に襲はれても、
飛び跳ねるやうに、あの人は快活でした、とか、

（介護ほーむデ、我ガ子ノ顔サヘ判別デキズ、中空を見ツメテ、
死ニマシタ、息子ガコンナ呆ケタ詩ヲ書イテヰル途中トモ知ラズニ）、とか、

不思議な記号を足元に撒き散らした男が走つて行く、

できそこなひの花弁を千切り棄て、
できそこなひの唄を喰ひ破り、

「私タチノ知ツテヰル葉チヤンハ、トテモ素直デ、ヨク気ガキイテ、
アレデオ酒サヘ飲マナケレバ、」

（私の人生は失敗と不運の連続でした）

といふ花々の咲き乱れる花畑を、
「イイエ、飲ンデモ、……
神様ミタイナイイ子デシタ」、とか、
男はどこまでも走つて行く。

＊カギ括弧内は太宰治『人間失格』より

顔のない女

1

顔のない女が死んだ男を見下ろして、
無い顔から泪を流す。
死んだ男は沈思黙考してゐるやうに見えるが、
ほんたうは何も考へずに死んでゐるだけだ。

いな　男は死んでなぞゐない。
たゞ沈思黙考して、顔のない女が流す
泪の理由をさがしてゐるだけだ。
無い顔の理由をたづねてゐるだけだ。

出会ひは惨憺たるものだつた。
ひゞいてくる歌が何もない場所で、
女と男は徒労の円を日々描いてゐた。
遠巻きにする視線が順ぐりに刺すなかで。

衝撃はどこからでもやつて来て
男の体を放射線で染めあげる。
夜が落ちて人々が遠ざかつていくと、
女と男はしたゝかに酔ひ　ひたすらに交はつた。

2

きみに訊けなかつたことがある。顔のない女よ、
きみはほんたうに係累が一人もゐなかつたのか。
四谷駅のホームでとつぜん声をかけてきた男は、

深夜の携帯にかゝつてきた電話は誰だつたのか。

顔のない女よ、きみを愛したぼくが馬鹿だつた。
羽ばたけよ鳥、濡れた翼を拡げた両手　両脚、
紫のにほひのする膣。泣いたのはぼくぢやない。
なほさらきみのわけはない。では泣いたのは誰。

きみの擦りきれ　乾ききつた体、顔のない女よ、
麗らかな五月　雲の湧く温泉で、何を見たのか。
這ひ廻る影、二十日鼠だつたか　蟋蟀だつたか。
まるで断頭台に向ふ　囚人のやうな歩き方で。

顔のない女よ、さびれた商店街をさまよひ歩く
蜥蜴のやうに美しい　顔のない女よ、きみは
行き場を失くしてゆく。捜査する人々によつて
次第に追ひつめられ、犯した罪に浄められて。

3

そゝのかしたのはあなた、わたしぢやない。
麗らかな五月　雲の湧く温泉で、あなたは蹲んで、
岩だらけの浅い渓流を見つめてゐた。
まるで後ろから頭をつよく押す手を待つやうに。

泣いたのはわたしぢやない、さう、なほさら
あなたのわけはない。では泣いたのは誰、誰。
むなしかつたあなたの期待。ついえた希望。
でもわたしはあなたの期待と希望の、さらに底にゐた。

わたしの逃亡がまたはじまる。汚辱に塗れたわたしと、
汚辱に塗れたわたしを見下ろすあなた、
裂けた口と陥没した目から血を流して走る

あなたの映像と共に、さびれた地方都市の裏通りを。
烏が啄むゴミ袋から食み出した赤い肉。あれはあなただ。
存在が謎のやうにみづからを主張しはじめる時、
すでに存在は死んでゐる。その存在があなただ。
かぎりなく密やかな崩壊の　澄んだ姿で。

4

「そこではどんな星が　きみの脈動を包むのか、
そこではどんな海が　きみの眠りを妨げるのか、
そこではどんな太陽が――　聴け、人間共よ、
おまへらにはわかるまい、おれの幸福の甚だしさが。
「横たはるあなたの首を背中から絞め上げるわたし。
まるで緑の蛙を両手で抓んで壁に叩きつけるやうに。

持続する絶頂が、はりさける寸前の歓喜の連続が、
わたしをそんな行為へ駆り立てたのだ。

「奔つて行く心霊　狐火のばうばう燃える原で、
おまへはまだ　死んだおれを見下ろしてゐる。
おまへの過ちは　おれを人間共の代表にまつりあげ、
つまりは王と崇め、攻撃を仕掛けてしまつたことだ。

「さう、あなたは人間以下のイキモノだつた、
蠍よりも残忍で　蝦蟇《がま》よりも鈍重な。あゝ　わたしは
愛してゐた、わたしのなかで引き裂かれた宇宙を、
その相似形のあなたを、王よりも、神よりも……

五人の彼、その観察

＊

――さよなら　神　おまへは私のために
ながいこと　じつによくやつてくれた　でも　まう　さよなら
おまへがゐると　私は駄目になつてしまふから
さう云つて彼はウイスキーのボトルに手をのばした

――おまへは私をくるしめた　そのことにおまへは気づいてゐない
おまへは私のために　じつに陰険に裏で工作してくれた
　でも私はみんな知つてゐたのだよ
さう云つて彼は枕元の拳銃に手をのばした

――あゝ　生きるとは　こんなにもむごいことなのか
おまへのために　私の生きることは　さらにむつかしくなつた
さよなら　神　おまへと共に生きた　かゞやかしかつた時
さう云つて彼は……
それも　まうをはりさ

＊＊

――奇妙な夫婦もあつたものだ！
さう書いて彼は　地獄寺院の犇めく地方に見切りをつけた
その十数年後　全身癌腫のひどい苦痛のさなかで
――おれの体は完全に麻痺してしまつた
だから一刻も早く乗船したく思ふんだ

何時に乗船すればよいか教へてくれ

さう書いて彼は　この惑星の不動に見切りをつけた
彼は人の生を根本的に変へる方法をにぎつてゐたのだが
たくさんの「埋れた宝石」「魔法の花々」を掘り起こして
さんざんに傷つけ　引きずり廻したのだつたが

人をさいなみ　じぶんをきざみ　悲惨な末路を何度くりかへしても
この惑星に終りは来ない

彼はそれさへも知つてゐたと云ふのだらうか？

＊＊＊

——あはれな兄貴！　彼奴のおかげでなんと多くの
ひどい夜を過したことか！（ランボー「放浪者たち」）

——をう　頭上で炸裂する火花
　気ばらしの　ばらばらの花
さう彼がうたつたとき　ある報せがとゞいて
胸の奥で喪の太鼓が鳴りひゞいたのだ

——あはれな兄貴よ　隙だらけの構へをくづさないまゝに
　はるかな雲のきれはしに引つかゝつて
　いまさら何をどくづくことがあるのか　——振動はそんな形をしてゐた
をう　をう　かゞやかしかつた時　痴呆の時　闇の時　と

——黒焦げた板切れに囲まれた　ちつぽけな部屋で
古い輪転機を廻してゐた　あはれな兄貴　不憫な兄貴よ
ちつぽけな人型の中で　さらにちつぽけな魂を磨り減らし
繋いだ雷管の喉を　黒い腫瘍に喰ひあらされて

をう　ををう　棘だらけの口　腐つた口　したゝる愛

＊＊＊＊

西瓜の一切れのやうな半月がかゝつて
濃藍の空をひきつけ　地上を照らしてゐた
四方八方の路を踏み荒して　彼はあちこちの階段を降りて行く
無い底に向つて

――店じまひするのは早すぎるぜ　おい
おまへはまだ生まれてきたばかりぢやないのか
おれはおまへに附き合ふのはまつぴらだね
まだまだ枝わかれした敵どもと戦はうと思つてるよ

――うるさいんだよ　おまへは　余計なことばかり云ひやがつて
とつとと失せろ　この地上から　おまへのしたことは

解決不能の厄介事を　つぎつぎ持ち込んだだけぢやないか
シャワーのやうな雨が半月を隠した
シャワーのやうな雨が地上の闇に罅を入れた

＊＊＊＊

――狭《セツ》い男だつたな　きみは　青年期に　左翼的な倫理と弱者の論理の
網目に囚はれて　それを良心の証にしたまゝ生涯を終へてしまつた
テレビの走査線が溶けると　その男の画像が現はれた
歴史はまだ暗い中世を脱け出してゐないのだ　――彼が思ふのはそんなことだ
――狡《ズツル》い男だつたな　きみは　伝声管のやうに
他人の噂を伝へるだけで　じぶんの見解を決して叙べなかつた
ぼくは頭がわるいから　むつかしいことはわからないんだよと
決して危険区域には近寄らなかつた

この惑星には　いたるところに宗教裁判所が設へられてゐて
ひそかに判決が下されてゐることを　彼は知らなかつた
しづかな地雷のやうに禁忌があり黙契があり　そこにゐながら追放されてゐる
そんな夢の穴から這ひ出す場処を　形式を
彼はまだ索めてゐるだらうか　愛を　まう一度　愛を　と

〔ヴェルテップ=二重芝居〕

——十九世紀末頃までのウクライナに「ヴェルテップ」という一風変った人形芝居があった。（略）ヴェルテップの最大の特色は、上段と下段、二層の舞台で演ぜられる芝居がそれぞれに独立していて、ある場合にはほとんど無関係であるのに、それでも二つの芝居が同時に進行する点にあった。（江川卓『ドストエフスキー』）

1

獅子のかたちをした薄墨の雲が走つてゐた
人体を吹きとばすほどに風のつよい日だつた
〔ヴェルテップ=二重芝居〕
といふ文字を付箋にしるして　男は去つて行つた
男が仕掛けた盗聴器にむかつて　私は叫んだ

「私はこゝから出たい
私の云ふことなぞ誰もわかつちやくれなかつた
世界の針が大きく振れて　あなたがたは　まう
今までどほりの生き方はできないといふのに
私の云ふことなぞ誰も相手にしてくれなかつたんだ」

あの男の仰向いた眼はたしかに霞んでゐた
滲む雲の鱗を映して　なにか自分を追放したものだけがもつ
ふしぎな点描のモアレにおほはれてゐた
声にならない　短命な叫びが私のすべてだつたが
ほんたうは男は　私以上に私の云ふことを理解してゐたのだと思ふ

〈〈ヴェルテップ＝二重芝居〉とは何なのか
なぜ二重でなければならないのか
なぜ芝居なのか　その秘密を知るためには

あながたがた《血と大地》から隔てられた
その時　その場処に遡らなければ　でもどうやつて?)

2

〔ヴェルテップ=二重芝居〕
私はあなたの睡眠の奥に棲んでゐて
ときどき出現しては　例の痙攣動作をしてゐたあの男です
私の下半身はもはや灰にうづもれてしまつて
自由な動きができないのです　理由はわかりません

たとへ私があなたの分身だとしても
私はなにひとつあなたのことを知らないのです
まうすぐ夜が明けます
私は正午になると壁に塗りこめられてしまふでせう
ですからそれまでに発信してください

〔ヴェルテップ＝二重芝居〕
あなたの発信は　きつと　見えない狼藉の織りこまれた空間に
縦横の傷を走らせることでせう
あなたの発信は　きつと　錯綜した私の糸を
解きほぐしてくれることでせう

・・・・・・・
私は待ちました　神を待つやうに
でも発信は来なかつた
方々で耳慣れない言語が撥けてゐるのに　方々で
流星が燃えて墜ちて行くのに　あなたの唯一の発信だけは

3

〔ヴェルテップ＝二重芝居〕

喫茶店では険悪な顔をした男が煙草を喫ひ
コーヒーを前に本を読んでゐた
私のはうをちらちら見遣りながら
あの男が私のスパイなのだと思つた

〔ヴェルテップ＝二重芝居〕
鶏小屋と豚小屋が向ひ合せに並んでゐて
私はそのあひだの赤茶けた煉瓦路を歩いた
けたゝましい啼き声から逃れるやうにして
そのとき　凄じい狂気が私を襲つたことを　私は忘れてゐた

〔ヴェルテップ＝二重芝居〕
その視線　その声　私を損傷してきた　ゑぐれた時の炎
私のあさい過誤　その連続　私をみちびいてきた生のはづみ
その針が大きく振れて　測定不能の値が　私を立ち竦ませる
思ひどほりの生き方から　逸れるばかりだつたと

〔ヴェルテップ＝二重芝居〕
「私を殺すことで傷ついたのが　じつは　あなたのはうだつたことを
私は知つてゐました　私は殺されたけど　かうして自分の中にをり
あなたは自分の外にゐる　いゝえ　あなたは自分の外にもゐない
つまり　あなたはとつくに自殺してゐたんだ」

4

まつさらな　グラウンド・ゼロが　いくつも
できる　浜に　遺体が　ゴロゴロ　あかぎれた
鉄骨が　ひしやげて　地面に　突きさゝつて
くづれた　灰の壁の　透き間から
濡れた　食器棚が　見える

そこにも　遺体が　蹲つてゐるの　だらうか

そんなことが　あつたと　泡だつ　ダイニングキッチンから
青空が　のぞく　あゝ　死んだ　人たち　その痕跡
欠けた　食器　汚れた　ティッシュペーパー
黒い　波に　攫はれて　死んだ　子供たち

「あいつあの時あの道のあの箇所で
蒼い顔して、無花果の葉のやうに風に吹かれて、——冷たい午後だつた——〃
しよんぼりとして、犬のやうに捨てられてゐたと。」（——中也「曇つた秋」）
悲鳴を　あげて　攫はれて　行つた　人たちの　念慮が　瓦礫と
なつて　むすうに　散らばつてゐる　映像が　ぶれて

映像が　ぶれて　いちめん　薄墨の　裂傷のやうな　雲の　なだれる
人体を　吹きとばすほどに　つよい風の　なだれる
あいつ　あの時　あの道の　あの箇所で　——冷たい午後だつた
殷々と　耳の中で　風の鳴る　打ちのめされた　光線の鳴る
冷たい——冷たい　色のない　午後だつた

〔災厄の犬たち〕

＊

放射能の海に浸かって
私は泳ぐ
放射能の海に私は潜る
放射能の海は青い光に充ちて美しかつた

私がもし放射能の海であつたなら
私ははげしく歎くだらう
私がもし原子力発電所であつたなら
私を創つたものにはげしく抗議するだらう

おまへ　うつろな眼をして　けふも働いてゐたね
吐く息で曇つたゴーグルの視界のなかを
ピーピーと線量計が鳴りひゞくなかを
白く光る瓦礫や　魚の屍骸のゆらめく　濁つた水溜りをずぶずぶ進んで

おまへ　うつろな眼をして
日が落ちれば　おまへのけふの作業はをはる
だが　おまへの曇つた視界のなかを　日はなかなか落ちなかつた
線量計は　いつしか鳴り止んでゐた

遠くの光がおまへの帰るべき路を照らしてゐた

＊＊

その男の顔は子供のやうにも老人のやうにも見えた

ふだんはふんぞり返つて冗談口をたゝいてゐるのに
真面目くさつて　しかも子供つぽい笑みを浮べて　記者の問ひに答へてゐた
「あの、三月十一日以降のことが、全部取り消せるんだつたら、まう、
あの、私は何を捨てても構ひません。全部取り消せるんだつたら、まう、
全部無しにしていたゞきたい。ほんとにまう、あの、
三月十一日以降のことがなければなあと。まうそれに尽きます。」

おまへはその画像を眺めてTVのスウィッチを切る
〈私は何を捨てても構ひません〉と云ふが
あの男は何も捨ててゐないではないか
〈三月十一日〉以前も以降もなく　何ら行動も提言もなさなかつたではないか
（さうすべき立場にあつたにもかゝはらず）
〈全部無し〉にする方法は　あの男にとつて一つしかないはずなのだ
あの男とたゝかふ日は　いつか来るのだらうか
おまへはあの男にをしへたいと思ふ

〈きみにはこの惨状が目にはひらぬのか〉
〈きみには放射能の海を泳ぐ私が目にはひらぬのか〉
〈きみには歎いてゐるこの海　歎いてゐるこの発電所が　目にはひらぬのか〉

だれもあの男にこゝに来ることを強制できないのはいゝことだ
けれどあの男のこゝにゐた仲間たちは　だれも強制しないうちに
自分たちの意志で（いな本能で?）こゝから逸早く逃走していつたではないか
共同体に属して存分に恩恵をうけながら
都合がわるくなると　共同体なぞなかつたかのやうにふるまふ
あの男はまだ発言して恥をさらしただけマシなのだ

さう〔災厄の犬たち〕はどこにでもゐる
〔災厄の犬たち〕さへゐなければ
〔災厄の犬たち〕さへ死に絶えれば

＊＊＊

ひるさがりのくものきれまから
けどほくけどほくばくはつおんがきこえる
きこえるきこえるないてゐるひとたちのこゑが
あのひとたちはひなんしていつたばくはつおんをのがれて
ばくはつおんはどこまでもおひかけてきたはうしやなうをつれて
さやうならふるさとうまれたとち
あのひとたちがふるさとへうまれたとちへかへれるひはくるのだらうか
わたしはけどほくけどほくすべてをきいてゐるだけ
おとのないはなびがあがるくものきれまに

＊＊＊＊

「私は知らなかつたのだ

福島第一原発の非常用のディーゼル発電機が
今回の津波で故障してしまつた構造的に弱いタービン建屋にあつたことを
原子炉建屋にあるものと思ひ込んでゐた
なぜそのまゝ四十年間も放置されたのか
東電と原子力安全保安院に事勿れ主義がはびこつてゐたからだらう
私はほんたうに何も知らなかつたのだ
私は四十数年前の建設当時　東電の原子力開発本部のナンバーツーで
設計と建設の全般に携はつた
福島第一原発のメーカーはアメリカのＧＥで　工事もＧＥ主導で進み
運転開始当初からトラブルつゞきだつた
マークⅠとよばれる格納容器は内部が狭く　根本的な欠陥をかゝへてゐた
建設予定地は海からの高さ三十五メートルの高台だつたが
それを高さ十メートルにまで削つた
そのまゝにしておけばといふ批判があるが
重量が重い原子炉やタービンをどう運び込むかが最大の課題だつた
高さ三十五メートルでは海から水を汲み上げられないといふ事情もあつた

耐震性は当時の基準を満たしてゐたし
津波もそれほど高いのは来ないとかんがへられてゐた
私はほんたうに何も知らなかつたのだ」

さう〔災厄の犬たち〕はどこにでもゐる
〔災厄の犬たち〕さへゐなければ
〔災厄の犬たち〕さへ死に絶えれば

＊＊＊＊＊

けふも放射線値が高い　しかし私はこの土地を離れるつもりはない
なぜなら私の言葉は　私の存在は　この土地と切つても切れない関係にあり　この土地を離れてしまへば　私は嘘の言葉しか発せない虚偽の存在になつてしまふから　とは云つても放射線値がもつと上がれば私は強制的に退去させられるだらう　いな　まうすでに許容値を超えてゐるといふ学者もゐる　子供たちが何も知らぬげに遊んでゐる　あ

の子たちの将来が心配だ　しかし私はこの土地を離れるつもりはない
けふも東京の知人から電話がかゝつてきた　なぜ逃げないのか　いつ
までそこにゐるつもりなのか　――あなたは何もわかつちやゐない
さう云ひたかつたが　ながい無言をかへしただけだつた

＊＊＊＊＊

おれの原発　メルトダウン　さうなんだ　私の原発はとつくに
メルトダウンしてゐたんだ　**放射能を撒き散らす**　そんなことは
知つちやゐない　あなたが私の放射能を浴びて　死にいたつたとし
ても　**おれの言葉で皆殺しだ**　あなたの笑ひが私をどんなに傷つけ
たか知つてゐますか　私が真剣に語れば語るほど　あなたは笑ひま
したね　**云つちやいけないことばかり**　私は忙しいんだよとあなた
は云ひましたね　きみの云ひたいことはわかつてるとあなたは云ひ
ましたね　**嘘を吐いても知らんぷり**　委員会に持ち帰つて検討する
つてあなたは約束したんぢやなかつたでしたつけ　あゝ　何をみて

も輪光がみえる　これは歓喜だ　実に針のやうな苦痛だ　絶息だ　**だ**
けどたうとうブッ飛んだ　まうおしまひです　にんげんは　この共同
体は　私の秘められた原発は　**おれのまはりからみんなみんな逃げて**
行く逃げて行く　妹よ　おまへは私によくしてくれた　私もおまへに
よくしてやつた　だからまうおやすみ　この海は私たちの棲む場処ぢ
やなくなつたのだから　おやすみ　ちひさな黄の魚だつた妹　お
ほきな青の魚だつた兄さんは　朝になつたら　**脳味噌が核分裂**
おまへの知つてゐる兄さんぢやなくなつてゐるはずだから　**訳のわ**
からないことを口走る　海底のつちを掘つて掘り返して　砂埃を
吸ひ砂金に埋れ　そこにおまへと棲むちひさな家を　おほきな暗
闇のなかに光の柩を　つくりたいのだよ　**炉心融合キンタマも熔**
けだした　妹よ！

＊＊＊＊＊＊

〔災厄の犬たち〕よ

おまへはまう体ぢう疵だらけになり
あちこちが障子紙のやうにやぶれ
つめたい風がとほり抜けてゐるのに　それに気づかず
まだうたはうとしてゐる
おまへの口はとゞこほり　どんな歌もねぢれ
きざまれて　どぶをながれる　それはこんな歌だ

「原子力は悪魔と神の二面をもつてゐる
それは残虐きはまる兵器ともなるし　またそれは
人類に無限の幸福をもたらす建設的エネルギーでもある」
「呪ひと悲しみの原子雲を越えて
おほらかに道をひらいてゆく時である」

私たちは炊き出しをしてゐた
津波を逃れ避難してきた人たちの食事をつくるために
そこが高線量地域であることなど知るよしもなかつた

後になつて放射線量はすでに測定されてゐたことを知つたが
政府担当者はそれを私たちにをしへなかつた
最も放射線量が高かつたとき
私たちは外でお握りを分け合つて食べた

〔災厄の犬たち〕よ
〈私はアレも知つてゐるコレも知つてゐる
きみはアレについて研究したことなどないでせう
コレについて何も知らないんぢやないの？〉
そんなことばかり書きまくつて肝腎な時におまへは黙つてゐる
体のやぶれめから五つに枝分かれした路がみえる
路はところどころ瘤をつくつてつながり　それぞれに中枢に達してゐる

白いスクリーンに不思議な文字が滲んでゐる
〈さうなのだ　私は今こそ云はなければならない
あなたがたが悪魔のやうに忌みきらつてゐる放射性物質を

あるひは光速を超えた光の光が破壊されるときの　すさまじいエネルギー
その澄みきつた青を　熱烈に愛してきたのだと〉

〈災厄の犬たち〉よ
撤退したいとおまへは伝へてきた
この列島におほきな断裂がはしり　さらに拡がらうとする時に
現場は危険なので全員を撤退させたいと（一度も現場には入らずに）
それが拒否されると　おまへはめまひをうつたへて入院した
（じつは東電本社の医務室に潜んでゐたのだといふ）
断裂を修復しようと現場作業員たちが懸命になつてゐるさなかに

おまへはまた　一枚のファックスで通告した
大量の放射能汚染水をいまから海に放出すると
抗議がくると　おまへは法律にもとづいて補償すると発表した
ひとりの顔も見せず　だれの肉声も発せずに
この列島にはしる大きな断裂とは　おまへのことなのだ

〔災厄の犬たち〕さへゐなければ
〔災厄の犬たち〕さへ死に絶えれば

〈原子力　明るい未来のエネルギー〉と大書された横断幕の下を
だれも通らなくなつた街路を　豚の群れがくろぐろと走つて行く
餓死した牛を喰らひ
放射能の泥を喰らひ
野生化した豚　喚いてゐる豚
豚に喰はれて白骨化した牛　しろく凝つたまゝのその歎き
その映像の歎き　こほりついた映像の　しろい泪

おまへ　うつろな眼をして　けふも働いてゐたね

放射能の海に浸かつて
私は泳ぐ

放射能の海に私は潜る
放射能の海は青い光に充ちて美しかつた

〔表題は村上春樹氏のカタルーニャ国際賞受賞スピーチから。＊＊かぎ括弧内は「ＮＨＫスペシャル・シリーズ原発危機」（二〇一一年六月五日）での内閣府原子力安全委員長班目春樹氏の発言から。あたふかぎり正確に引いてゐます。＊＊＊かぎ括弧内は「毎日新聞」（二〇一一年九月八日付）での元東電副社長豊田正敏氏の発言から（一部改変しましたが論旨はいつさい変へてゐません）。＊＊＊＊太字は遠藤ミチロウ「原発ブルース」から。萩原朔太郎のテクストからの引用箇所もあります。＊＊＊＊＊かぎ括弧内は「朝日新聞」二〇一一年十一月一日、四日付の記事から。〕

無言歌　二〇一一年夏

きみは行くんだね
かなしみに沈んだ鏡の眼をいつぱいに瞠り
視えない瓦礫に蔽はれた街から
ひるがへるまつ青な海に背をむけて

阿武隈川、八月の阿武隈川
擢けた硝子の光
流れる鬣
無音の藻に消えて行く影

そこにゐるはずの　愛するひとがゐないから
あつたはずの街がないから
きみは行くんだね

おとづれた災厄の　摧けた光を
きみの心は避けようともせず
生き残るのはつらいこと
生き残つてその場を去るのはつらいこと
堰を切つて溢れる言葉を　そのつど

泪のやうにふりはらつて
きみは行くんだね
私はきみを見送つてゐる
ひそかに　波の底の街から

私にもし音楽があれば
私にもし楽器があるならば
阿武隈川、阿武隈川
摧けた、八月の、阿武隈川

フクシマ50

父が「フクシマ50」と称ばれてゐる人たちの一人だと知つたとき
私はとても誇らしい気がしました
それまで私は父がどんな仕事をしてゐるのかよく知りませんでした
いまでもほんたうのところはわかりません

父は福島第一原発の現場作業員です
父は週に一度帰つてきては何も云はずに寝てしまひます
何か寝言を叫びながら体を掻き毟つてゐることもあります
そして翌日の朝早く私が起きたときにはまう出かけてゐます

父と母はとても仲がわるい

それは父が風俗がよひをやめないからだと思ひます
でもそれは母にも原因があると最近思ふやうになりました
母は父が何か云ふたびすぐにそれを否定してしまふのです

私はそんな両親の仲をとりもつことができませんでした
そんなことよりも勉強しろと母はいつも私に云ひます
父の仕事のことで友だちに何か云はれたことはありません
でも原発で事故が起こつて急に世界が遠ざかつたやうな気がしました

つめたい雪の降るなか父のはたらいてゐる姿がちひさく視えました
父たちの仕事が日本を救つたのだ
父たちがゐなければ日本は破滅してゐたんだ
さう思へば思ふほど私はまはりの世界から遠ざかつてゆきます
スペインでの授賞式に父たちは招《よ》ばれませんでした
自衛隊と警察、消防の人たちだけでした

そのニュースは私をますます世界から隔離しました
フクシマ50、フクシマ50、父を守って下さい
誰も知らない英雄の父を守って下さい

仮の町

こゝは仮の町　きみはこゝで生まれた
きみのほんたうのふるさとはこゝから北へ六〇キロほどのところにある
わたしたちがふるさとに住めなくなつたのには理由がある
大きくなつたらきみはその理由を知ることになるだらう

潮騒のきこえない町からたちのぼる泡はじつにしづかだ
すべてのものを攫つて行つたあの海の記憶
大地から剝がされていつたあの細胞の渦から離れて
わたしたちは電力会社から出る月々の賠償金で暮した

けふも夢から脱けだしたわたしたちはやさしい挨拶をかはし

町外れのスーパーで食糧を購《か》ふ
スーパーには娘たちがゐてきみにほゝゑみかける
視界がぶれ　実在が剝がれる　わたしたちの火花は二重になつて四方に散る

ふるさとは北へ六〇キロ　夢の底に折りたゝまれた無人の町
そこではかはらぬ花が　かはらぬ日と夜が
人と人をつなぐ風と木と街路が
わたしたちを待つてゐるのだらうか

きみはこゝで羽化してゆく
きみの翅はやはらかくうるんで
とびたつためのそなへをはじめる
こゝは仮の町

SLOW　TRAIN

ひどい雨が降つてゐるのに列車はのろのろと走りつゞける
ひどい雨が降つてゐるのに列車はのろのろと走りつゞける
仏陀よ、基督よ、私こそが考へつくし行ひつくしたものだ
などと叫んでも風が失笑するだけ風の失笑にさへぎられて
だれにもきこえないから叫んでゐるだけ基督よ、仏陀よ、

私こそがＬＥＩＤＥＮの中のＬＥＩＤＥＮひどい雨が降つてゐるのに
消え入りさうな声で、のろのろとどこへ走つて行くのか列車は、列車は、
耳から出入りする小人のむれ、濡れた火山、列車は走りつゞける

あのときぎみは何か云はうとしてゐたねくちびるをふるはせて

手おくれだつた何を云はうと、掌《て》を辷る微塵に砕けた作りものの仏舎利
あるひは霞んで形を喪つた贋の聖骸布、それが所有するすべてだつた
私たちは駅頭を歩いてゐたうつむいてそれからホームのベンチで膝をか丶へて
どこにでもゐる恋人同士みたいにひどい雨が降つてゐるのに

流線形を滲ませて列車はのろのろとやつて来た
のろのろと走る列車に乗つて私たちはどこへ沈んで行つたのだらう
隣席にゐるはずの——愛するひとよ、おまへはとつくに消えてゐた

私はながいあひだ気絶してゐたのだ
日ごとの衰弱を浴び直観の写像を何枚も重ねて
跳躍してしまつたのだ知らない場処へ、私は同じ場処を
ぐるぐる廻つてゐると思ひこんでゐたのに、なんて愚かな！
なんて馬鹿な！　最後にはすくはれると信じて
線路はそこで尽きてゐた

私は時空がはげしく歪むのを感じてゐた
雨は上がつて青空から光がふりそゝいだ

墓を探す

和田堀廟所にて

その人の墓はとてもちひさくて
芭蕉よりも西行よりもちひさくて
さがすのに骨が折れますよ
それだけ云ふと女は足早に立ち去つた
目の前には元総理大臣の大きな墓が威嚇するやうに聳えてゐる
墓地の案内板はどこにも見当らなかつた

せまい通路のひとすぢひとすぢを縫つて歩いた
女の顔には見おぼえがあつた
たしか学生時代にいちどだけ交はつたはずだ
それにしてもふしぎな風体をしてゐた

琳派模様のスカートを穿いて胸には大きな翡翠のブローチ
いやそれよりも琺瑯じみた白と赤の化粧がぶきみだ

生前その人とは会つたことがなかつた
なのになぜその人の墓をさがしにきたのか
女はきつとその墓の後ろに佇つてゐる
Sさあん、Sさあん、と呼ぶ声が遠くからひゞいてゐる
私の名ではなかつたがなぜか私に救けをもとめる声に聞えてくるのがふしぎだ
墓と墓の間の通路をいくらたづね歩いてもその人の墓は見つからなかつた

日ざしはかたむいて強烈な西日になつた
するはずもない潮のにほひが立ちこめる
その人は私の知るたゞ一人の詩人だつたから
墓には一行の詩が刻まれてゐるはずなのだが
私はその一行を読むことはできなからうとも思ふ
なぜかならその一行は海の文字でしるされてゐるだらうから

女の呼ぶ声が近い呟きに変はつて消える
静寂のなかを牡丹雪のやうな白い粉が舞つてゐる
白濁した星雲が目のまへでぱあつと拡がつては
掌《て》のなかにちひさな渾沌となつて吸ひ込まれる
＊＊さん、あなたの墓はいつたい何処にあるのですか
なにもかもが埋まつてゐるちひさな渾沌が口をあけてゐるあなたの墓は

その人の舟は西南の島を逃れて東の湾港にたどり着いた
そのとき未生の自伝は海に流れ去つた
それをとりあつめるのがその人のをはりのない仕事となつた
ヒラヒラと舞ひ降りてきた女は手まねきして
闇のはうへ私を誘ふ
みまかつたその人の声のある方へ

いづみ、きみはうなだれて

きみはうなだれてその店の隅にすわつてゐた、
なにがきみにおこつたのか私にはすぐにわかつた、
いつも快活に、きはめて利発に、反応してゐたきみ、
いづみ――きみの足元にひろがる　きみが棄ててしまつた人のことぱ、
きみをとりまく真空のしろさ、ひゞわれたふかさ、

昨夜のメールはあきらかにきみの書いたそれではなかつた、
誰の手がそれをした、めたのか棘にみちた、私を不当に糾弾する文、
それが何度も私の中で谺した、ふかいうたがひとともに、
タブレットのまへで縺れる四つの手が目に浮ぶ、
いづみ――私のまへではけぶりさへ見せずに、快活に、

きはめて利発に、うつくしい手をふつて、
ふかく澄んだ瞳で、熱い風が吹いてゐた、あの夜も、
さきをとゝひのあの夜も、狡智に長けた人の手から逃れて、
でもこゝろは粘りつく網と紐に搦めとられて、
おまへはやつて来た、うなだれて、不器用にうなだれて、

いづみ——おまへは店の隅にすわつてゐた、
きみの後ろにゐる誰かが、きみを偽造請負の仕事にかりたてて、
私はその職場の長だつた、業務委託の契約を交はしてゐると知りながら、
きみに指示を与へ、仕事を教へた、利発なきみはすぐに仕事をおぼえ、
一年もたゝぬうちに私の片腕となり、周囲の嫉視をかふやうにもなつた、

きみはうなだれて、よわい鬟のやうに、私たちの職場から追放されること、
いづみ——私もまた熔け落ちるはがねのやうに退職に逐ひこまれるだらうこと、
そんなことがらが遠い国の災害のニュースのやうに駈けめぐるのを聞いてゐた、

私たちの出会ひから、低く低くなみだつてゐた旋律、私たちのあへぎ声のやうに、
その旋律にのつておまへは、罪と疵にみちた水におぼれておまへは……

中上健次

河出書房の会議室のテーブルに一昼夜腹這つて、「半蔵の鳥」を書きつゞける中上健次、ときどきは唸りながら、おほきな罫線紙に細かい字をびつしりと連ねて、

「炎のやうに血を吹き出しながら走つて路地のとば口まで来て、血のほとんど出てしまつたために体が半分まで縮み、これが輝くほどの男振りの半蔵かと疑ふほど醜く見える姿で、まだ小さい子を二人残してこと切れた」

そこに至るまでの長い道のり、ときどきは体を掻き毟り一昼夜罫線紙に字を刻んで、半蔵の鳥の振動が近づいては遠ざかるさなかを、神戸の地震も地下鉄サリン事件も、東北の大津波も福島原発事故も知らないで、しかし

心は滅びの予感に引き裂かれて、

遠心分離器にかけられた若死のエチカ、
双曲線状にそれて行く粉末状の青空、
それらを腹式呼吸で吸ひ　吐き出し、

「瑠璃を張るやうな声で裏の雑木林で鳥が鳴く、夏時に咲く夏芙蓉の花の
蜜を吸ひに来る金色の体の小さな鳥の声だ、オリュウノオバはどうせこの
世がうたかたの夢で自分一人どこまでも自由だと思つても、御釈迦様の手
のひらに乗つてゐるものなら何をやつて暮らしてもよいと言ひたかつた」

始源のエチカに吸ひ寄せられる、また撥ね返される、それが反復のリズム
をつくつて、前へ前へ、狂つたまゝで、狂ひの底をさらつて、ときどきは
唸りながら、放出する、蕩尽する、エネルギーは滅びにむかふほかないの
か、それに抗ふ手が体を掻き毟る、滲む血脈が四方に拡がる、

聖なる土地に湧いた俗なる行為が地表をおほひつくす、
その絶頂が滅びにむかふ、あとの世界がしんとする、
稲妻が走る、すると聖なるものがふたたび貌をのぞかせる、
それは元の聖なるものを否定しつくすものだ

＊カギ括弧内は『千年の愉楽』より自由に引いてゐます。

みづうみ

1

《わたしのことはわすれてください
ぞんぶんに苦悩をあぢはつて　いまは獄中にゐるのですから
わたしに殺されたひとも　わたしを殺したひとも
わたしのことはわすれてください　どうか》

そんな発信人不明のショートメールがとゞいた
こゝろあたりはなかつたが　それを読むと同時に　なぜか
中国山地のちひさな村落を上から見下ろしてゐた
まんなかに　ちひさな緑のみづうみがあつて　その中にはひりこんで行つた

《わたしには何がある？　わたしには何もない！
わたしには何がある？　わたしには何もない！》
そんなことばが山間にはげしく谺した
ことばの底から　たくさんの事実の縺れあつた系列が揮発する

きみはまう五十に近かつたが　村落で最年少の帰郷者だつた
アップダウンをくりかへす山道を自転車で通学した高校時代から
三十年が経つてゐた　何も希望はなかつた
長年勤めた横須賀の工場では　人員整理が始まつて久しかつた

2

心やさしい友よ　母親思ひの友よ
きみは大都市での暮しに全く向いてゐなかつた
高齢の母親が認知症をわづらつて不自由をし　周囲に迷惑をかけてゐるときいて

きみはゐても立つてもゐられなくなつた

限界集落に仕事があるわけがなかつた
持ち家と若干の預貯金　十数年経てば出るだらう若干の年金
それがあてにできる全てだつた　金にならない仕事ならいくらでもあるだらう
荒廃し寂れた村落を少しは立てなほせるかも知れない

そんなきみの善意が裏目に出るまでに　さして時間はかゝらなかつた

ちつぽけな腫瘍があちこちに飛び火した
つながつて黒焦げの癌になつた

燃える燃える　母親が燃える　燃える燃える　人家が燃える

きみは神社一帯と田圃の畦道の草刈りをたつた一人でさせられた
そのために購入した草刈り機が　ある朝　なにものかによつて焼かれてゐた

3

燃える　きみの愛犬を臭いから処分せよと云つた老人の家が
きみの視線は　はるか上空をさまよつて　なかなか地上に降り立つことができなかつた
きみの嫌厭は　ゼリー状に溶けて　やうやく緩慢な四肢の動きとなつた
こゝろは空高くまひあがるのに　からだは地にしばりつけられるばかりだつた
きみは何ものぞんでゐなかつたのに　村びとたちは何かが起ることを期待してゐた

燃える　衰亡する村が　いのちのない村が　燃える

土間を這ふゴキブリに云ふ――《わたしはおまへよりはるかにちひさなものだ
おまへよりはるかにおそくうまれて　はるかにはやくしぬものだ》
三和土《たたき》を這ふムカデに云ふ――《わたしはおまへよりはるかにみにくいものだ
おまへよりはるかにとらはれて　はるかにゐざつてきたものだ》

燃える燃える　何もない〈わたしたち〉のいのちが
蛇の眼のやうなみづうみで〈わたしたち〉はひとつになる
蛇の眼の底で〈わたしたち〉はひとつになる
〈わたしたち〉とはだれ？〈わたしたち〉とは　死んだ人と　きみのこと
きみを殺し　きみに殺された人と　きみのこと

4

放心して　きみは宇宙から降りてくる視線を浴びてゐた
まつくろに塗りつぶされたまゝの光　朝が来れば吹きはらはれてしまふ
永遠の光　それこそがきみのもの　きみをこの地上に繋ぎとめるもの
やうやくそのことに気づいた　そのときききみは
（からだに銀いろの光をいつぱいまとはりつかせて

あの子はやつて来た　――こゝに来てはいけない
こゝはまだあなたの来るところではない　ひゞかせた無声音は伝はつたはずなのに
あの子はうれしさうに　わたしをだきしめようと腕をのばす

あの子が小学校から泣いて帰つて来たことがあつた
弱虫　弱虫！　たちふさがるわたしをみて　あの子は駈けもどつて行つた
あのときのやうに　わたしはあの子を引きかへさせなければ
さうしなければ　あの子は永遠に　往生　できなくなつてしまふ)

森へ　捕まるまでに　森へ
生体を腐敗　分解する森へ　森のなかのみづうみへ
そこでは危険が安全　安全が危険　有罪が無罪　無罪が有罪　すべてが逆転して
きみは浄化される　浄化される　きみも　わたしも　浄化　される……

岬にて

やはらかくまどろんでゐる海、
きばをむいておそひかゝつてくる海、

わたしはいま、岬にゐます、
岩礁に波がはげしくぶつかつて、

わたしの視界は滲み、光るものは乱反射して、
わたしの空虚をゐぐりにくるやうでしたよ、

厖大な波の沈黙、傷だらけで、しかも涙も流さず、
血まみれで、しかも隔離されて、

それでわたしは、かう自分に云ひきかせましたよ、
最後はみんなあはれなもんさ、どつちみちおんなじなんだよつて、

臨終の床で、それは病院の床でしたが、わたしの敬愛する詩人が、
なにやら叫んださうです、家に帰りたいかつて、娘さんに訊かれて、

娘さんはそれが聞きとれなかつた、
なにか、もごもご云つてたけど、

亡くなつてから、それが、どこで死んだつておんなじだよ！　つて、
云つてたんだつて、気づいたんださうです、

きばをむいておそひかゝつてくる海、
やはらかくまどろんでゐる海、

入り組んだ入江のギザギザが視えてきて、
それは月の膚のやうなデブリで出来てゐるやうでしたよ、

湿地帯にて

うらがへつた彼女の湿地帯に
点々と散らばる黒鉛を舐めてゐると
男はしだいに底から発光してくるのだつた

うづたかく本を部屋に積み上げ
男は隙間をつくつて寝てゐた
最後に人声を聞いてから二年が経つてゐた

たゝかふ準備はできてゐた
潜りこんだ彼女の砦で　防毒マスクをつければ

恐いものはなにもなかつた

草を刈る
サクサク
草を刈る

それでも足元が沈む
踏みしめるたび足元がふかく沈む
それでも男は彼女の湿地帯を出ようとはしなかつた

＊

改宗してから男は激しい頭痛に悩まされた
改宗は何の役にも立たなかつたが
地底からの声が聞えるやうになつた
それは絶滅した生き物たちの歎く声だ

男の貌は心臓に似てゐた
男の貌は川底の岩石のやうに波打つてゐた
複数の監視カメラがそれを映し出してゐた
その写像をいちいち焼却するのが男の仕事だつた

男は色を塗る
画面はまつ白のまゝだつた
男は色を消す
画面に形があらはれた

*

「わたしたちの国土は強靭なので
どんな自然災害にも耐へることができます
たとへ被害をうけたとしても

すぐに恢復することができるのです」
——まさに　まさに　まさに
総理大臣の口癖が口ごもる
「わたしたちは　わたしたちの国土は
いまや中空にあるので　安全は保障されてゐるのです」

そんな　そんな　そんな——男の叫びは
テレビ放送終了後の砂嵐に変はる　裏の崖がくづれ
家が圧しつぶされても　男の叫びは植物のやうに
唖の糸を束ねた維管束を馳せのぼる

*

彼女の湿地帯がまたうらがへる
うらがへつて乾き　また濡れる

男はその隙間に舌を入れる

頭から仆れこむ
脳内の血が破裂する
男は放射状に伸びる

「まうやめなさい　あなたがたは
狭い公道にバリケードをつくるのは
何十年もそこで　単管のきれはしを撒き散らすのは」

尻すぼみになるのは　どんな秋でもさうだ
聞き飽きた銀の粉末が　耳にわんわん反響して
男の潰れた車輪は　冬へ

まだ永遠が　性的な楯となつて
あざやかに濡れてゐる冬へ

頁を捲るやうに　廻《めぐ》つて行く

Ⅱ

詩人のかたみ

吉本隆明論抄

〔追悼Ⅰ〕

愚禿親鸞 ——吉本隆明の軌跡

吉本隆明の思想をさすとき、自立の思想とか、自立主義とか称ぶのが今も一般的なやうだ。しかし吉本の自立思想は米ソ冷戦期のものであつて、すでに冷戦終結のはるか以前に、彼はその崩壊を予感し、左右の体制からの自立ではない何か、自立思想を崩壊させる動向のなかにある本源的な思想の自由を探求しようとしてゐた。その探求は生涯をはることがなかつたが、それを最初に著したのが一九七六年に刊行された『最後の親鸞』といふ書物であつた。

吉本における親鸞には長い前史がある。

すでに戦争期に詩「親鸞和讃」があり、「歎異鈔に就いて」は戦後すぐの時期に書かれる。この二篇には共通するモチフがあつて、前者では、

「ワレラ一人デ喜ババ／親ラン居ルト思ヘトゾ／ワレラ二人デ喜ババ／親ラン陰ニソヒナガラ／共ニ居ルコト思ヘトゾ」

といふ伝説上の親鸞の言が和讃になぞらへられる。

中沢新一は吉本の『最後の親鸞』について、「親鸞との「同行二人」でおこなっている。」（文庫版同書解説）と叙べてゐる。だが、吉本における親鸞との「同行二人」は、すでに戦争期に始まってゐたのだ。孤立のきはみは分身をよびよせる。吉本がよびよせた分身は親鸞ばかりではない。けれど、不在でありながら思想としてつねにそこに「居ル」存在としてよびよせられたのは、親鸞だけだつたらう。

後者の「歎異鈔に就いて」では、そのやうな分身としての親鸞との訣れが語られる。

「「一人ゐて喜ばゝ二人と思ふべし、二人ゐて喜ばゝ、三人と思ふべし、その一人は親鸞なり（御臨末御書）」

これは弘化四年（九十年程前《ママ》）花園文庫に初めてあらはれた。諸家は多く、後人の附会だと断定してゐる。僕も種々考へたが、今は余り主要とは思はなくなつた。」

詩「親鸞和讃」を著はした昭和十九年の作者が「御臨末御書」にみえる右の言を親鸞の真言と考へてゐたわけではあるまい。さうではなく戦争期をへた昭和二十二年の作者が、まう分身としての親鸞とは、いつたん訣れるべき時が来たと語ってゐるのだ。

「歎異鈔に就いて」は小林秀雄の思考の理路、したがつて小林の文体からの影響の濃い作だが、にもかゝはらず後年の吉本・親鸞論のモチフが萌芽としてあらかた出揃つてゐることにおどろかされる。なかでももつとも注目すべきは、次の箇所だ。

「親鸞は早くから人間の無意識の構造に眼を注いだやうだ。磯長の夢告はじめ彼の思想的転換が夢告の促に拠るとする伝記は、後人の附会として一笑する訣にはゆかぬ。彼の無意識の構造への味到は恐らく「弥陀のはからひ」と彼が云ふ所と関聯してゐる。間違ひないところだ。人間の善悪の観念の無意識域への拡張は、明らかに彼の思想の一つの骨格をなしてゐた。「善悪のふたつ総じてもて存知せざるなり（歎異鈔十九）」」

たとへば後年、東本願寺で行はれた講演では次のやうに叙べられる。

「親鸞がしばしばじぶんがいいだした言葉にたいして、それと相反することをいっているように見えるばあいがあるとすれば、それは親鸞のとても深い、無意識をも含めた魂のところから出てきている言葉なので、その言葉は親鸞のもっている〈死〉というものからの無意識が、それに加担していると思います。（略）親鸞がほんとの〈死〉とかんがえた、その〈死〉からの言葉が、無意識のうちにしゃべり言葉のなかに入ってきて、それは現世的、人間的な善悪の規準とぶつかり合ったところが、相矛盾する言葉として出てきているのだとおもわれます。」（「浄土論」一九八三年／『未来の親鸞』九〇年）

「善悪の観念の無意識域への拡張」が、こゝでは親鸞の喋り言葉の二重性となつて表はされる。向うがはの〈死〉からの視線につらぬかれることによつて、現世の倫理は漂白され、その危機のさなかからこぼれ落ちる親鸞の言葉を、後年の吉本はふかくうけとめ、未知へむかつてさしだすやうになるだらう。

吉本はまた、「歎異鈔に就いて」の掲載された同人誌の同じ号に、詩「巡礼歌」を発表してゐる。愛着のふかいものだつたやうで、『全詩撰』（八六年）に『初期ノート』（六四年）から唯一自撰されて巻頭に収められた。

けれど貴公の後相《うしろすがた》は
たいさう頼りないな
そうして貴公は迷つてゐるな
あまりに空虚なさびしい心に耐えて
念仏など称へて御遍路にあるいたとて
それが何になるのだ
〝もうやめろ——
やめて帰つて恋人や妻子を愛した方がいゝ〟
おれもむしろ貴公と一緒に
あの舟坂の切通しに立ちたいけれど
あんまりさびしい同志が
一緒になるのはよくないし
それにおれは明日も学校へゆき
悪《にく》しみや迷ひがあるとまるで判らない
化学といふのをやらなくてはならない
お互に漂浪として呑気そうでいながら

どうしてこゝろばかりは
こんなにせはしく熱して辛いのだらう
おれも貴公も
所詮は智度論に説かれてゐる
善悪不行のしがない旅人だけれど
(まあそれはいゝ)
あの吾妻峯が夕映えるころは
醜いものをおさへてゆけよ

(後半部分)

作中に「舟坂峠」「舟坂の切通し」「吾妻峯」とあるやうに、作者が昭和十九年ごろ米沢で送った旧制高校時代の末期が、敗戦といふ断層をへて回想される。

これに接続する時期に書かれた「エリアンの手記と詩」に、この作品の背景が語られてゐる箇所がある。それによると、「おまえは見知らぬ巡礼者の影を見送つて街外れの郵便局の前に佇んでいた」「おまえと巡礼者だけが深い苦しみを抱きしめているように思われた」「おまえは馬鹿に寂しそうに、錫杖の音に連れられてゆくその後相を見送りながら、何故恋人や妻子をおいて未だ雪も溶けないすすきの峠を越えるのか、哀しく思つたのだ」……

だがなぜ「おれ」は「あまりに空虚なさびしい心に耐えて/念仏など称へて御遍路にあるいたとて/それが何になるのだ」と知りながら、同じやうな漂泊の思ひにひたされ、偶会した見知らぬ巡礼者に共振してしまふのだらうか。同行二人の巡礼者である「貴公」と「おれ」は、「善悪不行のしがない旅人」として交換可能な存在であつて、「おれ」もまた間をおかず大学へ、そこから兵士として外地へ、あるひは国内の動員先へ散る運命にあるからだ。さうであるとしても、こゝには何か尋常ではない心理が作動してゐるやうにみえる。さう思へるほど、この見知らぬ巡礼者に死の影をふかくおほひかぶせる語り手を外化する作者の心理が異様なのだ。

「もしも、戦争、敗戦とつづく外的世界からの強制が、わたしの「個」に断層をみちびかなかったとしたら、わたしは、きわめて平均的な生活人のなかに全てを充たして間然するところがなかったであろう。だが、戦争と敗戦は、たんに外的な事件ではなく、わたしの「個」をも、どこかでつきくづしていて、どうすることもできない力ででもあるかのように、決定的な生活の瞬間に、わたしを襲うようにおもわれた。」（「過去についての自註」）

吉本の戦後の歩みが、ほんたうは「個」を解体する「力」、じぶんではどうすることもできない「力」との「同行二人」として、はじめられたことが語られてゐよう。だが、この「力」はどこから来るのか。私はかつて、この「力」がもたらした「自我崩壊の危機」が「敗戦による意識経験の切断と、そこに全面的に浸透してきた時代の指示性の不定なあふれによつて生じたもの」であつて、その表出性恢復の劇の遂行を戦後初期の散文詩集『固有時との対話』（一九五二年）にみたことがある（「森山論文のことなど」八二年／『詩的クロノス』二〇一一年）。

吉本はみづからの世代を、一度だけだが、「死の国の世代」と称んだ。それは「戦禍によつてひ

き離され　戦禍によつて死ななかつた」生者と、「声なき声をあげて消える」死者にみちた世代の意味を表はした詩のなかでだつた（「死の国の世代へ」一九五九年一月）。また、埴谷雄高はおそらくそれを受けて、吉本を「墓場から出てきた人」「戦争の大量な死のなかから甦ってきた」人と評したことがある（「吉本隆明『芸術的抵抗と挫折』」五九年三月）。

つまり、吉本における「同行二人」はつねに死者との「二人」であり、それは自己を崩壊させようとする「力」であると同時に、たえずそこにたちもどることによつて、本源的な自由を得る「力」でもあつた。

だから、吉本が思想の根拠とした「大衆の原像」とは死者のことだ、と云へば人はいぶかるだらうか。「歴史の究極のすがたは、平坦な生涯を〈持つ〉人々に、権威と権力を収斂させることだ、という平坦な事実に帰せられます。しかし、そこへの道程が、どんな倒錯と困難と殺伐さと奇怪さに充ちているか、は想像を絶するほどです。」（「思想の基準をめぐって」『どこに思想の根拠をおくか』七二年）

吉本はしかし、この美しい断言のまへに、「平坦な生涯を〈持つ〉人々」――価値の源泉である「原像」からの逸脱としてしか人は生きられないと云ふ。「原像」から逸脱しない者は死者だけだ。多くの著作をなし、知の上昇過程をはてまでのぼりつめた吉本の生じたいが、この「原像」からの大いなる逸脱としてあつたことは云ふまでもなからう。吉本が逸脱において異つてゐたのは、知の頂きをきはめたはてに、「原像」――あの名づけようもない存在へ、知としてではなく存在として還る道があることが、たえず意識されてゐたことだらう。親鸞とのいつたんの訣れは、逸脱することでしか生き抜くことのできなかつた、吉本における戦後の意味だつたやうに思へる。

吉本にとつて、わがくにの戦後はたうてい容認しがたい虚偽に充ちてゐた。小林秀雄のやうにもつともそれに深く気づいてゐるべき先行者が、吉本の眼には沈黙をまもつてゐるやうに見えた。ではだれが沈黙を破るのか。だれもやらなければ自分がやるしかないのだ。だが、それはたんに虚偽をあばくことだけであるはずはない。いはゞ両面作戦が必要なのだ。吉本の詩と思想がもつとも戦闘的にみえた一九五〇年代の時期にも、あの名づけようもない存在へのまなざしに貫徹されてゐたことがそれを証してゐよう。

「勝っていたら、日本ファシズムの主導的なイデオローグになっていたにちがいない転向者は、コミュニスムに再転向する。ほんとうのファシストは、かすりきずも負わず、社会民主主義者として再生する。ローマン的なナショナリストは、口をぬぐって抒情詩人にうまれかわる。モダニストは、また愚にもつかない超現実を構成しはじめる。／敗戦後の、こういうみじめな喜劇のなかで、死にそこなって戦場からかえってきた鮎川は、「眼をうしろにつけて前へ歩いてゆく」ことを主張せねばならなかった。」（「鮎川信夫論」一九五七年）

ほんたうの意味での戦後詩をつくりあげた詩人鮎川信夫がさうしたやうに、「眼をうしろにつけて前へ歩いてゆく」とは、右の論に引かれた鮎川の「生きてゆくことが死に外ならぬというような状態、生を問うことが、どうしても死に帰着してゆく悩める意識はどこでも問題にならぬであろうか。」といふトーマス・マン論（「死と生の論理」一九四九年）での自問をたえず更新しながら、虚偽に充ちた外部世界とたゝかふこと――そのためには知的研鑽をおこたらず正しいことを云はなければならない。しかし正しい言説なぞ、それをつみかさねたところで何になるだらう。あの名づけようもない存在にとつてそんなものは無意味ではないか。

「ぼくは自立だ、なんでもじぶんでやっちまえというふうに考えているのです。つまり、もっと抽象化してしまうと、政治であれ、文化であれ、生活そのものであれ、少しでも他に依存するかぎり駄目なんじゃないかという考えが徹底してあります。（略）それは徹底的な自力主義であって、自力で到達できないものはこの世にないと思わなくてはいけない、もちろんそのことは観念の問題ですから、もっと優れたことを考えうることは、実際的にはたくさんあるのでしょうけども、それはないとしなければならない。だから、じぶんにこの世を変える力もなにもないとすれば、それはだれにもないんだと思わなければいけない、とぼくはかんがえて生きているのです。

そうしますと、まったく親鸞の思想と反対じゃないかということになっちゃいます。つまり卑俗にいいますと、阿弥陀仏でも称名でもいいですが、それに全部あずければいいんだ、それ以上のこと以外のことは、人間にはできないんだ、親鸞の思想はそういう概念だと思います。」

これは『最後の親鸞』に先立つ「聞書・親鸞」（七一—七三年）の一九七二年の回で語られたことだ（『増補 最後の親鸞』八一年に「『最後の親鸞』ノート」として収録される）。附されたタイトルは「自立思想の崩壊点」（傍点引用者）であつた。

私どもの世代の者にとつて七二年は連合赤軍の年だつた。あさま山荘事件とそれに伴つて露見したリンチ殺人の実態は大きな衝撃だつた。吉本にとつてそれは新旧の左翼諸党派と、無意識部分をふくめてそれに同伴する思想とのたゝかひの終りを意味してゐた。

そのとき親鸞がふたたび現はれた。みづからが築きあげてきた自立思想とは、親鸞の思想からみれば「往相」にすぎないのではないか。さういふうたがひが吉本をおとづれる。彼はこゝで自立と自力を区別してゐない。

「よく人がお前は「擬制の終焉」と云ったけれども、ちっとも終焉していないじゃないかと云います。そうしますと、もし終焉していないとすれば、どんどん現実ばなれするじゃないかという問題が出てくると思うんです。だけどぼくは終焉したと思っているわけです。つまりこの現実は仮の世界だと思っているわけですからね。そのとき、ぼくはどこへかえるかといったばあいに、よく書いたりするんですが、じぶんの日常生活といいましょうか、そういうものについてならば考えるけれども、それ以外のこと、つまり生活についての、あるいは日常生活についての観念というもの以外の観念には、絶対に関心もないというような、そういうものをいわば自力思想の原点としてたえずもっていなければならない。つまりそれを包括していなければならない、というところへかえって行くと思うのです。それは自力の歯止めだともいえます。」（同前）

まうとつくに終焉してしまつてゐるのにつゞいてゐる「擬制」――まもなく吉本はそれを「ソフト・スターリニズム」と名づけることになるだらう。それはあらゆる意味で吉本が前半生を懸けて否定しつくしたものだ。私どもがその恩恵にどれだけ浴したかわからないほどなのだ。けれど吉本は、そこで自足しなかつた。なぜなら、あの名づけようもない存在は、そんなこととはかゝはりなく、そこにあり、そこに還ることが、最大の価値としてあつたからだ。

「親鸞は、〈知〉の頂きを極めたところで、かぎりなく〈非知〉に近づいてゆく還相の〈知〉をしきりに説いているようにみえる。しかし〈非知〉は、どんなに「そのまま」寂かに着地しても〈無智〉と合一できない。〈知〉にとつて〈無智〉と合一することは最後の課題だが、どうしても〈非知〉と〈無智〉のあいだには紙一重の、だが深い淵が横たわっている。」（「最後の親鸞」）

「「この上は念仏をとりて信じたてまつらんともまた棄てんとも面々の御計《おんはからひ》なり」というとき、親鸞は念仏思想そのものを越境してしまっている。ここに絶対他力そのものをふたたび対象化し、さらに相対化したあげく、ついには解体の表現にまでいたっている最後の親鸞が開始されている。」（同前）

私にはこれらは吉本の書いたなかでもつとも美しい文のやうに思へる。私ども不信の徒が信に近づきうるとすれば、このやうな信の無限の解体を信の根拠とした親鸞の道をおいて存しない。そればかりではない。二十世紀をおほつた知の宗教であるロシア・マルクス主義の解体と終焉といふ巨大な出来事のあとに、いつたいどのやうな信が可能なのかといふ問ひに、全身で応へようとする営為がこゝから始まつたのだ。

信といふ言葉につまづく必要はない。人は思想をしるすとき、だれもがかう考へるはずだといふ信につらぬかれる。さうでなければほんたうは一行も文字をしるすことなどできはしない。そのことがふかい危機にあるとき、その危機をくゞり抜けようとすることと、信をもとめることは、一つのことのはずなのだ。

わたしは限界を超えて感ずるだらう　視えない不幸を視るだらう　けれどわたしは知らない
わたしはやがてどのやうな形態を自らの感じたものに与へうるか　あの太古の石切り工たちが繰
返した手つきで　わたしは限りなく働くだらう
（『固有時との対話』）

小林秀雄が亡くなつたとき、吉本は、「ほとんど独力でわが国の近代批評の敷石を敷きつめ、その上に華やかな建物をつくり、それをじぶんの手であと片づけして、墓碑まで建て、じゅうぶんの天寿を全うした。その大団円にはたから何をいうことがあるかとおもった。」（「小林秀雄について」八三年）と書いた。

さう書きながら、かつては「小林秀雄の宣長論の優れた部分はここまでである。」（『悲劇の解読』七九年）とした本居宣長の「源氏物語」論についての小林の評価に、新たな批判が提出される。それは「宇治十帖」を例にした、物語の語り手と作者を分離できてゐない宣長の読みを追認する小林の読みといふ観点に帰せられるものだ。しかしながらそれは、私には言ひがかりに等しいものだつたやうに思へる。

小林がそこで叙べてゐるのは全くべつのことだ。宣長における「物のあはれ」論といふ理路の射程の長さ、規模の大きさは、浮舟といふもつともそこから遠い存在をも包括するといふことだつた。「説明の補足」と云ひながら、小林が思はず力を入れたのは、「宇治十帖」の浮舟に現代に通ずる性格造形と愛恋の描写があつたからだらう。

「「物の哀をしる」とは、理解し易く、扱ひ易く、持つたら安心のいくやうな一観念ではない。詮じつめれば、これを「全く知る」為に、「一身を失ふ」事もある。さういふものだと言ひたかつた宣長の心を推察しなければ、彼の「物のあはれ」論は、読まぬに等しい。」（小林『本居宣長』）

「名残り惜しくおもっても、娑婆にあるべき機縁もつきて、力もなくなって、ひとりでに生の終りにきたときに、かの浄土へゆけばよろしいのだ。仏は、いちずに浄土へゆきたい心をもたない凡夫の者を、ことにあわれとおもわれるのだ。」（吉本訳「歎異鈔」）

私の見るところでは、小林の描いた本居宣長と、吉本の親鸞はよく似てゐる。共に冷戦後の世界に、必要とされる思想の条件が何であるかを、はげしく予感し、そして死から来る視線による現世の倫理の拡張を、人間にとつて信とは何かを、誤解をおそれず、手さぐりで、全知をあげて構成しようとした仕事だからである。

小林の死の年は、わがくにの消費資本主義が未知の境域にむかつて展開を始めた時にあたつてゐた。吉本が大いなる刺戟をうけてそれに立ち向つたことはよく知られてゐよう。『マス・イメージ論』『ハイ・イメージ論』等の八〇年代、九〇年代の作がこれにあたる。

それから二十八年経つた昨二〇一一年三月、長引く不況が頂点に達し、だれもが萎縮した身を処しかねてゐるかにみえたときに、わがくにの太平洋岸北部の広域を大地震、大津波、原発事故が襲ふ。この巨大な事件の帰趨を見とゞける間もなく、その一年後、吉本隆明は逝つた。「これから人類は危ない橋をとぼとぼ渡っていくことになる」（『思想としての3・11』所収）――事件直後のインタヴューで、吉本はさう語つた。

このコントラストは人を呆然とさせるに充分だ。贋の希望を語ることはだれにもゆるされてゐない、まるでそんな時期を択んだかのやうだ。

親鸞が愚禿親鸞、あるひは愚禿釋親鸞、愚禿鸞などと名のるのは、法難に遭ふ中年期以後のことである。愚禿とは非僧非俗のザンバラ髪の愚者のことだ。越後配流によつて僧籍を奪はれ、すべてを喪つたあと、親鸞は親鸞となるための永い生を保つた。

「眼もみえなくなった、何ごともみな忘れてしまった、と親鸞がいうとき、老もうして痴愚になってしまったじぶんの老いぼれた姿を、そのまま知らせたかったにちがいない。だが、読むものは、本願他力の思想を果てまで歩いていった思想の恐ろしさと逆説を、こういう言葉にみてしまうのをどうすることもできない。」

これが「末燈鈔」を引いたうへでの「最後の親鸞」の結語だつた。吉本の死もまた、私にそのやうにやつて来た。何をかなしむことがあるだらうか。


（「ライデン」2号〈吉本隆明追悼号〉・12年7月）

〔追悼Ⅱ〕

吉本隆明と原子力の時代

渋谷駅構内の井の頭線に向かふ通路には、岡本太郎作の壁画「明日の神話」が架けられてゐる。これはメキシコで一九六〇年代後半に制作され、行方不明になつてゐたものが画家の死後に発見され、関係者の努力でプロジェクトが組まれた末に、漸く不完全ながら修復され、展示場処を得たものだ。

私は通るときにしばらく立ち止まつて壁画を見上げたことが何度もあるが、多忙にゆきかふ人々は無関心に遣り過すやうで、勿体ないことだと思つてゐる。

とりわけ福島第一原発の事故後は、原子力エネルギーの凄じさ、その大いなる驚異をテーマとしたこの画の魅力が、さらに複雑さを増したやうに感じられる。岡本は書いてゐる。

「誇らしい、猛烈なエネルギーの爆発。夢幻のような美しさ。だがその時、逆に、同じ力でその直下に、不幸と屈辱が真黒くえぐられた。／誇りと悲惨の極限的表情だ。／あの瞬間は、象徴としてわれわれの肉体のうちにヤキツイている。過去の事件としてではなく、純粋に、激しく、あの瞬間はわれわれの中に爆発しつづけている。瞬間が爆発しているのである。／原爆が美しく、残酷なら、それに対応し、のりこえて新たに切りひらく運命、そのエネルギーはそれだけ猛烈で、新鮮でなければならない。でなければ原爆はただ災難だった。落されっぱなし、ということになってしまう。」

（「ヒロシマ'63」一九六三年）

右は書かれた時期は「明日の神話」より前だが、その自作解説ともとれるものだ。

作品は直接のモチフとした昭和二十九年の第五福竜丸の被爆事件よりも、原子力エネルギーの解放といふ科学上の発見が初めて現実のものとして、大量破壊兵器となつて使用された広島・長崎の原爆の衝撃から、より大きなモチフを得てゐるやうに思へる。岡本は原子力エネルギーの爆発といふ現象に、最尖端の美を感受してゐる。と同時にそれがかぎりない悲惨を伴つたことに屈辱を感受してゐる。この美と屈辱といふ両極を、一つの画面に表はさなければ、存在の根柢にとゞく表現にはならない。こゝで模範ともされ乗り越えようともされてゐるのはピカソの戦争画「ゲルニカ」であつただらう。岡本はそれをどこかで「無償の怒り」と称んでゐた。無償の怒りが紙一重で有償に変つた瞬間に、それは存在の根柢から離れて、政治的表現に転化してしまふ。それを恐れて縮こまつた藝術もまた根柢にとゞくことはあるまい。岡本はさうした衰弱した藝術とは無縁の、ぎりぎりの場処で無償の怒りにこだはつたと云へよう。

生命の大河ながれてやまず、
一切の矛盾と逆と無駄と悪とを容れて
がうがうと遠い時間の果つる処へいそぐ。

高村光太郎は死の年の昭和三十一年一月一日発表となる、最後の詩をさう書きはじめてゐる。この詩「生命の大河」を想ひ起さう。

時間の果つるところ即ちねはん。
ねはんは無窮の奥にあり、
またここに在り、
生命の大河この世に二なく美しく、
一切の「物」ことごとく光る。

この一切の矛盾と逆と無駄と悪とを容れて、物みな光らせ、がうがうと無窮の奥にある「涅槃」に向ふ生命の大河――我々の存在の根柢にある永遠の感覚は、しかしこの時すでに毀損されてしまつてゐた。そのことを高村は意識せざるをえない。

人類の文化いまだ幼く
源始の事態をいくらも出ない。
人は人に勝たうとし、
すぐれようとし、

すぐれるために自己否定も辞せず、
自己保存の本能のつつましさは
この亡霊に魅入られてすさまじく
億千万の知能とたたかひ、
原子にいどんで
人類破滅の寸前にまで到着した。

高村はこの矛盾と逆と無駄と悪に充ちた人類の進み行きを、生涯の最後にあたつて全肯定したかつた。この世の全ての否定的要素は、時間の果てる「涅槃」から視れば「二なく美しく」見えるといふ確信を叙べたかつた。そのためには、とりわけ人類を破滅の寸前にまで逐ひこみ、我々の永遠の感覚を毀損させた、原爆といふ難問を乗り越えなければならない。

アイゼンハワー米大統領の原子力平和利用演説が行はれたのはその二年ほど前、昭和二十八年十二月の国聯総会でだつた。「米国は核による軍備増強といふ恐るべき流れを全く逆の方向に向はせることができるならば、この最も破壊的な力が、すべての人類に恩恵をもたらす偉大な恵みとなりうることを認識してゐる」——この影響は甚大だつた。敗戦国日本でも原子力研究が解禁され、その平和利用といふ夢が多くの人の心をとらへた。岡本太郎の「でなければ原爆はただ災難だった。落されっぱなし、ということになってしまう」といふことを乗り越える道が拓けたのだ。

科学は後退をゆるさない。
科学は危険に突入する。
放射能の故にうしろを向かない。
放射能の克服と
放射能の善用とに
科学は万全をかける。
原子力の解放は
やがて人類の一切を変へ
想像しがたい生活図の世紀が来る。

吉本隆明は『高村光太郎』（昭和三十三年）の末尾で、この聯を引き、「わたしはこの自然のメカニズムを非情な己れの「眼」とした詩人の、最後のモデルニスムスに敬意を表することにしよう。」と結んでゐる。

吉本は既に昭和二十四年発表の「詩と科学の問題」で、科学は自然を変革するのではなく摸倣するのみであるとし、「原子力の応用的実現といふことが僕らに提示した唯一の問題は恐らくこの人間的な余りに人間的な問題であつて人達が考へ勝ちな科学的意味の重大さでは断じてない。僕達の人間性が実生活の簡便化の極北で科学とぎりぎりの対決をしなければならない時がきつとやつて来るだらうし、それは人間存在の根本に繫がる深い問題を僕らに提示してやまないだらう。」と叙べてゐた。「人間的な余りに人間的な問題」とは、科学技術の高度な発達によつて「僕らが着々と自らの智力の復讐を受けつつある」といふ事態をさしてゐる。

さう考へる彼にとつて、高村の「やがて人類の一切を変へ／想像しがたい生活図の世紀が来る。」といふ詩句は、いさゝか未来派ふうの楽天的なモダニズムに見えたのではないか。また「自然のメカニズム」の側から現世を視る高村の思想が無葛藤な超越倫理に見えてゐた。そのやうな留保をおいたうへで、「人間的な余りに人間的な問題」を超えていだかれた高村の最後の夢に、吉本は「敬意を表することにしよう」と叙べたのだつた。詩の最終聯は次のやうだ。

さういふ世紀のさきぶれが
この正月にちらりと見える。
それを見ながらとそをのむのは
落語のやうにおもしろい。
学問藝術倫理の如きは
うづまく生命の大河に一度は没して
さういふ世紀の一要素となるのが
解脱ねはんの大本道だ。

原子力の平和利用といふ夢が、わがくにで原子力発電といふ科学技術となつて実現したのは、一九六〇年代に入つてからのことだつた。その後、半世紀近くの曲折を経て、五十七基の原子力発電所が建設され、わがくにの電力の三〇パーセント程度を担ふやうになつてゐた。

その途上、一九八九年二月の「情況への発言」で、「反核・反原発・エコロジー」を主張するイデオロジストに対して、吉本は次のやうに反論した。

「おれはすこしも原発促進派ではない。だが原発を廃棄せよと主張するような根拠はどこにもない。ソ連原発事故のようなものは確率論的にはあと半世紀は起こらない。半世紀も人命にかかわる事故が起こらない装置などほかにないし、航空機や乗車事故よりも危険がおおいともおもわない。（略）おれがこの原発問題にそれほど本気になれないのは、科学技術の進展が、一挙にこの問題を解決してしまうことが、ありうるとおもうからだ。それが超電導常温物質の発見であってもいいし、太陽発電所の宇宙空間設置であってもいい。またその他であってもいい。このどれひとつでも〈危険〉がないでもない原子力発電（所）の問題を無化してしまう。そういうことは充分に短い期間内にありうることだ。チェルノブイリ級の原発事故は、確率論的にもうあと半世紀はありえない。反原発連中はほっとけば自然消滅するが、おなじように原子力発電（所）自体も、科学技術の歴史の途上で自然消滅して他のより有効で安全性のより多い技術に取って代られるにきまっている。ただ原則は、原発の科学技術安全性の課題を解決するのもまた科学技術だということだ。それ以外の解決は文明史にたいする反動にしかすぎない。」（傍点原文）

批判しようと思へばいくらでもできる発言であらう。とりわけ二〇一一年三月十一日以降は。原子力科学技術は、これが書かれて二十年余りが経過した段階で、著しい進展とはほど遠い、停滞にあへいでゐることがはつきりしてしまつた。しかも付けられてきた巨額の予算とは裏腹に、である。また私たちはいはゆる〈原子力ムラ〉の住人たちが、いかに科学の精神から遠いコンフォーミストの集団であるかを知つた。しかしながら、そのことの責任は科学者たちにあるのであつて、吉本にあるのではない。

たとへばこゝで挙げられてゐる「太陽発電所の宇宙空間設置」や、別の機会に言及されたことのある「放射性物質の宇宙廃棄（還元）」などの科学技術は、吉本の云ふとほり、原理的には可能である。しかしそこに至る道すぢは全く不明のまゝ、なにひとつとして実現せず既に長い時間が経つてゐよう。高村の詩に云ふ「放射能の克服と／放射能の善用とに／科学は万全をかける。／原子力の解放は／やがて人類の一切を変へ／想像しがたい生活図の世紀が来る。」どころではないのだ。それもまた高村の責任でも吉本の責任でもない。

福島第一原発事故は、「原子力の時代」が大きな壁にぶつかつたまゝであることを告げ知らせた。事故以前に危険性が指摘され、防禦のための方策が提言されてゐたにもかゝはらず、官僚的発想にとらはれて充分な時間がありながら実行しなかつた。事故後の収束作業においても、原子力科学者と称ばれる集団はなす術を知らなかつた。それを視て愕然としなかつた人はゐまい。そればかりではない。放射性廃棄物の最終処分の問題にせよ、核燃料サイクルの問題にせよ、見切り発車でスタートして、問題を先送りするうちに、彼らは問題の重さに圧し潰されてしまつてゐた。そのことが事故の生起によつて衆人に露見してしまつた。なによりも多くの被災者、事故によつてふるさとを逐はれ避難生活をつゞけてゐる人々、放射線量の高い地域で暮す人々が、彼らをゆるすわけがあるまい。

つまり「原子力の時代」を終らせたのは彼ら自身なのだ。私にはさう思へる。弱年の吉本が「人間的な余りに人間的な問題」とした「智力の復讐」を、存分にうけることになつたと云ふべきだらうか。福島原発事故はそれほどの、後戻りのできない、巨大な歴史的事件であつた。

「飢餓陣営」36号（二〇一一年八月）の談話筆記「吉本隆明「東北」を想う」に宮沢賢治の詩、生前未発表の草稿が註されてゐる箇所がある。

新たな詩人よ
嵐から雲から光から
新たな透明なエネルギーを得て
人と地球にとるべき形を暗示せよ

新たな時代のマルクスよ
これらの盲目的な衝動から動く世界を
素晴しく美しい構成に変へよ

諸君はこの颯爽たる
諸君の未来圏から吹いて来る
透明な風を感じないのか
（「〔断章七〕」）

福島市で被災した詩人・和合亮一が、津波に襲はれた相馬の海辺を視てまはつた折に思ひ浮べ、『詩の黙礼』（二〇一一年六月）を生むきつかけとなつたのも、同じ詩だつた。

吉本は「原子力発電（所）自体も、科学技術の歴史の途上で自然消滅して他のより有効で安全性のより多い技術に取って代られるにきまっている。」と叙べてゐた。それは右の、昭和初年にしるされたと思はれる宮沢の詩と、まつすぐに繫がつてゐる。「嵐から雲から光から」得るエネルギーとは、原子力を含み、さらにそれを超えて、太陽光、風力、潮力などのいはゆる再生可能エネルギーによる新しい「人と地球のとるべき姿」を予見したもののやうに思へる。

宮沢の同じ草稿には「しかも科学はいまだに暗く／われらに自殺と自棄のみをしか保証せぬ、」とあり、「誰が誰よりどうだとか／誰の仕事がどうしたとか／そんなことを云つてゐるひまがあるのか／さあわれわれは一つになつて」（「〔断章八〕」）で途切れてゐる。

小人は何とでも云ふがいゝ。小人は私のなかにもゐる。だがしかし、高村光太郎や宮沢賢治、また岡本太郎のやうな偉大な藝術家があやまりを犯すはずはなからう。吉本隆明もまた然りだ。「さあわれわれは一つになつて」「未来圏から吹いて来る透明な風」を感じながら、「盲目的な衝動から動く世界」を「素晴しく美しい構成」に変へることに少しでも寄与しようではないか。さう書いたとき、生前の吉本さんの柔和に微笑む顔が見えたやうな気がした。
〔「吉本隆明のこの一冊」を編輯者から問はれて〕
『全詩撰（吉本隆明全集撰1）』（大和書房／一九八六年）
旧著作集の『定本詩集』の巻も捨て難いのですが、七〇年代に復活されてからの作が網羅されてゐる『全詩撰』にしました。しかし私の所持してゐるものは度々の引越しでぼろぼろです。吉本氏が『記号の森の伝説歌』（八六年）以降、ほとんど詩を書かれなかつたのは謎ですし、残念なことだと思つてゐます。未発表の詩稿はないのでせうか。

〔「飢餓陣営」38号〈追悼総力特集・吉本隆明を新しい時代へ〉・12年8月〕

死への欲動　――フランシス子へ、千年の愉楽、そして……

フランシス子へ

吉本隆明が死の前年に語つた『フランシス子へ』（二〇一三年三月）は、愛猫フランシス子の死をめぐる、最晩年の心境がしのばれる小さな遺著だが、そのなかにホトトギスの実在を疑つて、「本当にいるのかねえ」と調べようとする箇所がある。

「みんなが当たり前に思っていることでも、そうして疑って、追究していったら、なかなか本当に確かめるっていうのはたいへんなもんだねっていう感じを、僕は今、持っていますね。／何についても「歴史的事実」と「物語的事実」と、それから「実在性」っていうのがあるわけで、いちばん面倒な「実在性」ってことに素直に突進しちゃうと、ご覧のとおり、これは参ったなあって目に遭ってる。／でもせっかくだから、ここまでやったんだから、ある程度納得できるまでやろうじゃないかと。／僕は、何につけてもいつでもそういうふうにしてやってきたように思います。」

この聯想は親鸞にまで及び、「人は死んだら浄土へ行ける」というのは本当だらうかといふ「根本的な問い」をつきつめて最後までつらぬき、二つの海流が合はさる房総半島の尖端に向かつた親鸞は、「うず潮」が見たかつたのだと云ふ。

「要するに、それが親鸞にとつての「ホトトギス」ですよ。／僕は「ホトトギスはいるのか、いないのか」って問いを立てたけど、親鸞は「浄土はあるのか、ないのか」って問いを最初に立てて、最後の最後まで貫こうとしたんだと思います。」

「そのためにそれまでの全部を捨てて、たったひとりで、とにかくそこに行ってみようと思って行ってみたら、たどりついたその場所ではふたつの海流がせめぎ合って、うずを巻いて、うず潮になっていた。〃異なるふたつのものがあわさって、まじりあうっていうのはこういうことなのか。〃うず潮を目の当たりにした親鸞は、きっと何かにうたれたようにそう思ったんじゃないでしょうか。」

ホトトギスは実在するのかしないのか——『フランシス子へ』はまことに「夢の中のような、詩うような語り口」（ハルノ宵子による後書き）の流れに乗り、それは編者が録音してきたホトトギスの声を聞く場面で終はる。

千年の愉楽

異なる二つの海流が合はさり、せめぎあつて渦を巻く場処——吉本の想像のなかの親鸞がたどりついた場処とは、「生きる事と死ぬ事がよじれ合ってたてるふつふつという音が耳に聴こえる」（「半蔵の鳥」）、「死んだ者や生きている者らの生命があぶくのようにふつふつと沸いているところ」（「六道の辻」）——中上健次がくりかへし描いた「路地」の、生者の声と死者の声が重なる場処でもあらう。

さういふ場処に立たなければ、「浄土はあるのか、ないのか」といふ問ひは、「根本的な問い」にならないのだ。

たとへば「半蔵の鳥」の主人公半蔵は、路地の若者の生と死をすべて記憶する産婆、オリュウノオバに、「オバよ、鳥を要らんか?」と訊く。応へてオリュウノオバは毎夜のやうに「裏の雑木の中を渡っていく」ホトトギスのことを想起し、「夜と昼のあわい、死ぬ事と生きる事のあわいをその鳥の声がぬい合わせているように思う」。

半蔵はホトトギスを知らず、オリュウノオバもまた目にしたことはない。しかしその声は、耳に「瑠璃を張る」やうに聞えてゐる。

映画『千年の愉楽』(二〇一三年)は、中上の同題の連作集(一九八二年)のなかから「半蔵の鳥」「六道の辻」、「カンナカムイの翼」の一部をとりだして映像化した若松孝二の遺作であつた。

半蔵「オバよ、鳥はいらんかね?」
オリュウ「鳥?」
半蔵「面白い鳥がおるんじゃよ。インコのくせに、ホーホケキョと鳴きおる」
オリュウ「そんなニセモノの鶯より、うちはホトトギスのほうがええ」
半蔵「ホトトギス?」
オリュウ「この山に住んどるんよ。お前が生まれた朝も鳴いとった」
半蔵「どんな鳥じゃろ」

オリュウ、手でヒヨコほどの大きさを作り、

オリュウ「こんくらいでな、鳴きながら、あの世とこの世を行ったり来たりしとるんじゃ」

（「千年の愉楽・完成台本」）

オリュウノオバは目にしたことのないホトトギスを、拳で「ヒヨコほどの大きさ」に作つて半蔵に示す。

半蔵がオリュウノオバにあづけようとしてゐるのは、小説では「たとえようのない声で鳴く天鼓という名の鶯」であり、映画では「ホーホケキョと鳴く」インコに変へられる。鶯／インコは半蔵がたまたま関係をもつた女の情夫が丹精こめて育て上げ、女の部屋に置いた鳥籠の中に飼つてゐたものだつた。

半蔵はそれをオリュウノオバに贈る。なぜ贈るのか。それは江藤淳が炯眼にも見抜いたやうに、たまたま出くはした鳥もまた、まもなく死ぬことになる半蔵の生命と一体のものであり、そのものとしてオリュウノオバによつて記憶されなければならないからだ。

半蔵の鳥は翔ぶ。半蔵が卑小にして壮絶な死を遂げた後も。ホトトギスであらうと鶯／インコであらうと、それは半蔵の生命そのものであり、「鳴きながら、あの世とこの世を行ったり来たり」してゐるかぎり、オリュウノオバは、文字にしるされることのない歴史は、生きることができる。

〔……〕海と山の端、そのあいだに横たわる田、その田伝いに吹く風を受けて舞い上がる木の葉、

人の霊魂とバッタの触れ合い、「一匹の小さな白い獣のように」「木々の緑」のなかを駆け抜けて、潮風を受けに行く霊魂、「霊魂のオリュウノオバ」と「路地の山の中腹で床に臥ったままのオリュウノオバ」……。自然と人間、人と虫と獣と鳥、生者と死者とが渾然一体となってつくりあげている空間を、かつてわれわれは日本と呼んだ。そして、その空間への頌歌を、いまここでオリュウノオバは声をかぎりに唄う。

（「路地と他界」『自由と禁忌』所収）

自然と人間、生者と死者が「渾然一体となってつくりあげている空間」は、なにも「かつての日本」にだけあつたわけではない。それは吉本隆明が「アフリカ的段階」と称んだものだ。江藤は「その日本が「路地」とともに消え去ったとき、再び作者の前には、「仮の名」に充たされ、「真心を失っ」た現代の、とりわけ戦後日本の荒涼とした風景が拡がったのであった」として論を閉ぢる。しかし、中上が描いたのは「戦後日本の荒涼とした風景」でもあつて、江藤が高らかに「唄」つた批評の歌は、そこから間歇的に噴出する「アフリカ的段階」のことであつた。それは「消え去る」ことのできないものだ。

〔……〕現在のわたしたちならヘーゲルが旧世界として文明史的に無視した世界は、内在の精神史からは人類の原型にゆきつく特性を象徴していると、かんがえることができる。そこでは天然は自生物の音響によって語り、植物や動物も言葉をもっていて、人語に響いてくる。そういう認知は迷信や錯覚ではない仕方で、人間が天然や自然の本性のところまで下りてゆくことができる深層をしめしている。わたしたちは現在それを理解できるようになった。これはアフリカ的（プレ・アジア的）な段階をうしろから支えている背景の認識にあたっている。／わたしたちは現在、内在の精神世界としての人類の母型を、どこまで深層へ掘り下げられるかを問われている。それが世界史の未来を考察するのと同じ方法でありうるとき、はじめて歴史という概念が現在でも哲学として成り立ちうるといえる。

（『アフリカ的段階について』Ｉ）

つまり、現在の私たちにしひられてゐるのが、歴史概念の転換、根本的には人間と自然の関係の転換であるとすれば、「戦後日本の荒涼」と「千年の愉楽」の二重化された中上の世界の構築は、そのための大きなヒントを提出しつゞけてゐるやうに思へる。

〔……〕半蔵の金色の小鳥は立ち切れた活動写真の銀幕を惜しむように風に乗って舞い、雑木の茂みを翔び歩き、生きて死にまた生きる事が全身を震わせ喉を鳴らす愉悦のように澄んだ声で鳴く。オリュウノオバはまた中本の澱んだ高貴な血の宿命に涙を流し、心の中で、半蔵よ、種を落として自然に立ち枯れてこそ仏の与える愉悦で、青いまま立ち切れて喜ぶな、とつぶやくのだった。半蔵の金色の小鳥は、光りがあふれ澄み切った空の震えだというように鳴きつづける。

（「カンナカムイの翼」）

その映像化に無謀にも挑戦した若松孝二は、撮了後、映画の公開を待たずして、交通事故で死去する。

私は若松の映画を好まず、初期の二、三作を除いてほとんど見てゐない。好まない理由を云つてもしかたがないが、行きあたりばつたりに構成して行くその手法が、経済上の理由があるとはいへ、あまりにも目につきすぎた。またその映像にも魅力が感じとれなかつた。だが、と私は思つた。七十代の晩年に入つて、連合赤軍をテーマとし、また三島由紀夫の死をテーマとし、最後に『千年の愉楽』を撮つて、そして逝くとはたゞごとではないではないか。通常の生命曲線からは外れたことがこゝでは起つてゐる。若松の事故死は、私にはかぎりなく自死に近いものに見えた。

三月に入つて公開された『千年の愉楽』を映画館で見、その後、ＤＶＤで『実録・連合赤軍　あさま山荘への道程《みち》』（〇八年）、『11・25自決の日　三島由紀夫と若者たち』（一二年）をつゞけて見て、若松もまた死への欲動に取り憑かれた人間だつたといふことを認めないわけには行かなかつた――中上や三島、江藤や吉本など、わがくにの本格的な文学者がいちやうにさうであつたやうに。私はもしかしたら若松のその本質をこれまで見のがしてきたのかも知れない。

『実録・連合赤軍』ではリンチ殺人によるおびたゞしい死が、これでもかといふやうに凄惨に描かれる。このやうなリアリズムによる方法では連合赤軍の同志殺人にいたる本質は捉へられない。『11・25　自決の日』では三島は描かれるやうな一本調子の人物ではないし、周囲の若者たちにしても、ステロタイプに過ぎるだらう。私はこの両者にひとかたならず関心をもち、書きもしてきたので、よけいにさう思つたのかも知れない。

たゞそのやうな批判のむかうに、あの死への欲動が立ち上がつてくるのを、注視せざるをえなかつた。そのはてに『千年の愉楽』はあり、作者が逐ひつめられるやうに、新宮の被差別部落の若者の生と死に、吸ひ寄せられて行くのが見えた。

死への欲動

小説と映画の『千年の愉楽』があらはに共振してゐる「死への欲動」――それは云ふまでもなく晩年のフロイトが提出した概念だつた。

だがフロイトのそれは、控へ目に云つて、私にはとてもわかりにくい概念である。死への欲動は、はたしてフロイトの云ふやうに、無機物へ帰りたいといふ欲求に根ざしてゐるだらうか。私たちの伝統的な死の概念は、死体となつて土に帰る、といふものだが、土の中に有機物として帰るのであつて、無機物と化すことは願はれてもゐなければ、事実でもない。

フロイトにかぎらず、ヨーロッパ思想の根幹にあるものは、無機物から生命（有機物）が生まれ、それ以後は截然と無機物と有機物は区別されるといふところにある。だが、私たちの思想感覚では、そのやうには区別されてゐない。私たちのだれが、燃えさかる熔岩をみて、あれは生命なきもの、無機物だと思ふだらうか。あるひは花は有機物であり花瓶は無機物であるといつた分割を、画家は決して認めず、すべてが生命体だとして描くのではないだらうか。現代の科学もまた、私たちの思想感覚に加担する方向にあるやうに思はれる。

たとへばこんな言葉がある。

「内省によつて経験されてゐる精神の持続と類似した一種の持続が、物質にも在るといふベルグソンの考へは、発表当時は、理解し難い異様なものと思はれたが、今日の物理学が到達した場所から、これを顧みるなら、大変興味ある考へになる。（略）電子の運動を追つて行けば、物質に衝突して波と変ずるのが見られ、光の波を追つて行けば、物体に衝突して粒子に変ずるのが見られる。明らかに、こちら側の問ひ方に順じて返答を変へる同一の実在がある。エネルギーと呼ぶに相応しい顔もするし、物質と呼んでよいやうな顔もするこの実在の究極の二重性を厳密に確定するどんな方法もない。」（小林秀雄『感想』五十四）

すべての実在は有機物と呼ばれようと無機物と呼ばれようと、「究極の二重性」を生き、動いてゐるのであつて、そこから離脱することは全く不可能なのだ。つまり、死は存在しないことになる。こゝでもまた、あの「半蔵の鳥」が翔んでゐると感じるのは私だけだらうか。先に引いた吉本の「内在の精神世界としての人類の母型」をふかく掘り下げることと、「世界史の未来を考察する」ことが重なる時空を、精神も物質も翔びまはつてゐるのだ。

さうすると、私たちの「死への欲動」はどこから来るのか。

「ライデン」2号掲載の「思想の姿について」で吉田裕も引いてゐたが、吉本隆明『初期歌謡論』に印象ふかい一節がある。

「わが国では、〈海外からの〉文化的な影響をうけるという意味は、取捨選択の問題ではなく、嵐に吹きまくられて正体を見失うということだった。そして、やっと後始末をして、掘立小屋でも建てると、まだ土台もしっかりしていないうちに、つぎの嵐に見舞われて、吹き払われる。」

「嵐」を比喩とうけとる必要はない。全くの事実として、私たちの風土は定期的に自然災害に襲はれ、きづき上げてきたものが灰燼に帰してしまふ。海外からの文化的影響といふ「嵐」にしても、その附録として、同じ運命をたどつてきたにすぎないと云ひたいほどなのだ。

だから私たちの「死への欲動」とは、安定した気象、風土を無意識の前提としたフロイトの概念とは異つて、私たちの風土が地震、津波、台風、豪雪、豪雨、火山の噴火などの自然災害に間歇的にまた恒常的に襲はれること、その蓄積された経験がもたらした思想感覚からやつて来るやうに思はれる。その根本にかへるとき、付け焼刃の思想は「つぎの嵐に見舞われて、吹き払われる」。瀬尾育生は東日本大震災直後に行はれた講演を元にした「純粋言語論」で次のやうに語つてゐた。

人間の社会システムが「役立つこと」のなかで回転しているかぎり、自然の存在たちは、ただ沈黙して嘆いているだけです。だがそれがいつまでも続けば、言葉を持たない、同じ自然の沈黙に属するものとして、彼らに替わっていつか大地や海が人間に訪れてきて、人間に思いもかけない応答をするとしても不思議ではない。人間の社会システムが危機にさらされるときは、ふだん沈黙していた自然の存在たちがいっせいに語りだしているのです。それは「人間の言語」に翻訳できない。「存在のエコノミー」を聴き取るためには、むしろ「人間の言語」のあちこちに切れ目を入れ、開口部をつくらなければならない。

（『純粋言語論』〈一二年七月〉所収）

たぶんこの言葉が私たちの自然災害にもつともよく「応答」したものだと思へる。そしてまた、私たちの「死への欲動」がどこから来るかを、暗示してゐるもののやうに思はれてならない。

（「ライデン」4号・13年8月）

死の光の行方

――神山睦美『希望のエートス　3・11以後』にふれて

神山睦美の『希望のエートス』（思潮社／二〇一三年八月）は、ひとことで云へば、世界の現在が環境世界から来る大きな「死の光」に照らされてゐること、そのことを自覚した営みだけが現実的であることを証明しようとした本である。

行きつ戻りつしながら展開される、その多様な論点の多くを逸することになるだらうが、少しでも言葉をつひやしてみよう。わかりやすい例から――。

「和合亮一は、降ってくる放射能を肌で感じながら、宇宙の果てのはるか彼方から「死の光」がさしこんでくるということを実感している。」（「第十五章「信」の言葉」）

そこで引かれるのは、次のやうな詩句だ。

「放射能が降っています。静かな静かな夜です」…「しーっ、余震だ。何億もの馬が怒りながら、地の下を駆け抜けていく」…「人よ、原子力よ、宇宙よ、封鎖された駅よ、失われた卒業式よ、余震だ」…「誰かに呼ばれた気がして振り向いた瞬間に、空気が恐い顔をしている、福島の雲の切間」…（『詩の礫』）

神山は震災直後にツイッターを通して発信された和合のこれらの言葉を、パスカルの回心の体験になぞらへる。

「〔回心の体験に見舞はれたパスカルは〕「イエス・キリストの神。わたしの神、またあなたがたの神。あなたの神は、わたしの神です。この世も、なにもかも忘れる、神のほかは。神は、福音書に教えられた道によってのみ、見出される。人間のたましいの偉大さ」といったメモを書きつけ、これを終生、肌身離さなかった。／おそらく、和合もまた放射能の恐怖にさいなまれながら、一人部屋に閉じこもっていたとき、ある種の回心に見舞われたのである。」

詩の言葉が信の言葉に重ね合はされる。そこで和合が体験した「ある種の回心」とは、「原子力が人間に怖れをもたらすものでありながら、そのことを隠蔽することで権力のヒエラルキーをつくっていくものであることを直観した」ことからやつて来たとされる。それを「教会権力がいただく「神」に擬することができるとするならば」、彼は「そのような「神」への不信と、みずからのおそれを救助してくれるものの沈黙に直面していた」ことになる。

そのやうに叙べながら、神山はこの書物で繰り返し参照されるベンヤミンの「希望なき人々のためにのみ、われわれには希望があたえられている」という言葉を引き、『詩の礫』『詩ノ黙礼』（共に一一年六月）以後の和合の営みが、はたしてそれにあたひするものであるのか、ヴァニティに囚はれたものになつてゐないか、と判断を留保する。

少しく異議を挟めば、神山はヴァレリーを引いてパスカルのヴァニティを批判し、それに重ねて和合への危惧を叙べるのだが、しかしそのヴァレリーもまたヴァニティと無縁でないどころではなかつた。といふより、むしろ「この無限の空間の永遠の沈黙が私を恐れさせる」とノートにしるしたパスカルほどのヴァニティが具はつてさへゐれば、和合が「宇宙の彼方からさしこむ「死の光」」を見失ふことはないやうに私には思へる。また神山は和合にとつての「神」が「ツイッター」という媒体であり、そこで発信される言葉であり……」ともしるすが、さうではなく、福島の、その一部が放射能に蔽はれてしまつた大地が、自然が、和合にとつての「神」であり、そこに足場を置いたからこそ「死の光」はさしこんできたのではないだらうか。パスカルとの類縁性の聯想に神山が誘はれた理由も、それを措いてはなかつたはずだつた。

とはいへ結論は同じになる。神山は、和合を捉へた「死の光」が消えかゝつてゐるのか、あるひは彼の営みが「どのような「倫理性」も「道徳性」も投影されていない、信そのものの挫折としてやってくる「信」の言葉」として「死の光」を包括し、さらにそれに抗するものとなりうるのか、その行方をみまもりたいとするのである。なぜならそのことには、和合を超えて、詩の未来がかゝつてゐるのみならず、我々が直面した自然観の大きな転換、その帰趨につながつて行くだらうからである。

神山は三・一一以後、その「想像を絶する災厄」を前にして「一年余りの沈黙を余儀なくされ」、それが吉本隆明の死をきつかけに、「言葉が堰を切ったようにあふれでてきた」（「あとがき」）と云ふ。二〇一二年三月十六日、神山はたまたま訪れてゐた福島市のホテルで、吉本の死の知らせを受け取る。余計なことをしるせば、私もまたその数日前に、郡山市でのある集会に参加し、翌日は福島市で知人に会つて話を聞き、前年夏にもさうしたやうに街を歩き廻つて帰京したばかりの時に、吉本の死を知つたのだつた。

神山はそれを「巻き添え被害《コラテラル・ダメージ》」の「象徴的な出来事」と称び、ホテルの窓から見えた街路の風景からドストエフスキー『地下室の手記』での主人公の独白を想ひ浮べる――「静かだった」「通行人は一人も見えず、なんの物音も聞えなかった。用もない街燈がものうげにまたたいていた」(「第十七章「事後」の風景」)。

神山は岩手出身であつて、私などとは比較にならないほど東北への想ひの深い人だらう。そのうへに彼は「想像を絶する災厄」と同じ年に、「何人かの友人・知人に病気や事故で先立たれ、仕事上ではかつてないダメージを蒙った」(同)と叙べてゐる。また彼は永年、批判も含めて、吉本隆明の思想に私淑してきた人であつた。

さうであるからには、震災・原発事故と、吉本の思想の全体を、とりわけその最後の思想をどう読み取り、未来へ向つて重ね合せられるか、といふことが、大きな課題となつてのしかゝつたことは想像にかたくない。神山はそのことに文字どほり「堰を切ったように」果敢に取り組み、あらゆる知見を動員しながら、言葉を溢れさせた。それが吉本への追悼文として書かれた「未生への回帰」(「序」)であり、その後に書かれた二十七章に及ぶ論考である。

「未生への回帰」では、『小林秀雄の昭和』(二〇一〇年)の作者らしく、「原子核エネルギーというものが生の側にではなく、死の側にあるものであり、滅亡と無をメルクマールにするものである」といふことについての小林の「徹底した認識」が賞揚される。

「それを小林は、エントロピー増大の法則に言及することによっても、明らかにしようとする。熱エネルギーの消費に伴って、処分することのできないエントロピーが増大していくという理論からは、エントロピーの無限の増大は宇宙の死滅をもたらすという結論が導き出される。小林の直観は、原子核エネルギーが死の側にあるものならば、このエントロピーの増大に通ずるような事態が生起していくるにちがいないというところにあったといっていい。それを象徴するのが、決して処分することのできない核廃棄物にほかならないとするならば、小林のもった「嫌な感じ」は、私たちの現在をリアルにあらわしたものということもできるのである。」

昭和二十三年に刊行された湯川秀樹との対話『人間の進歩について』での小林の発言から、このやうに現在にまで敷衍して語る神山の思考はみごとと云ふほかかない。

しかし吉本は、「最後までそういう受け取りにくみしなかった。むしろ、原子核エネルギーの可能性について、死の直前まで語ることをやめなかった」（同）。

吉本にとつて生死は連環するものであり、したがつて、「原子核エネルギーを死の側からではなく、生の側から照射するということをおこなうのである。それが、人間の生み出した高度な科学技術に対する信憑性の一環として表明されているようにみえようと、そこに主眼点があるのではない。問題は、私たちの現在が「希望を語ることと絶望を語ることが同一な認知の地平」にあるということであり、それが、はるか彼方の〈未生〉といっていい地点から照射されているということだけなのである」（同）。

吉本の思想はもちろん「死の光」につらぬかれてゐる、しかしその光は、「宇宙の死滅だけではなく、その生成にもまたふれるものであり、人間の生と死に根源的にかかわるものとして取り出されている」といふのが、神山が吉本『ハイ・イメージ論Ⅰ』（八九年）から読みとる観点なのである。

神山はこの難問にくりかへし立ち戻りながら、この両者をおしつゝむやうに、螺旋状に論を展開して行く。重要なテクストとして参照されるのは、ハンナ・アーレントだ。神山は引く（第十一、十二章）。

「デカルトの哲学は二つの悪夢にとりつかれている。それがある意味で近代全体の悪夢となったのは、この時代がそれほど深くデカルトの哲学に影響されたからではなく、いったん近代の世界観の真の意味が理解された以上、その悪夢の出現はほとんど避けられなかったためである。」「このような状況のもとでは、神が宇宙の支配者であるというよりは、むしろ悪霊である「欺く神《デュー・トロンペール》」がわざと意地悪く人間をだましているということの方が、はるかにありそうなことである。」

「物理学者は、原子核の操作が途方もない破壊力を秘めているのを十二分に自覚しながらも、その方法を知るとすぐさま、ためらいなく核分裂に取りかかった。この単純な事実は、まさに、科学者としての科学者は、地球上に人類が生きのびるかどうか、ひいては地球そのものが存続するかどうかについてすらまったく気遣っていないことを証明している。」

「人間が発見できるのは、地球にとってのアルキメデスの点にすぎない。だが、いったんこの点に到達し、自らの地上の住み処に対する絶対的な権力を獲得するや、人間は新しいアルキメデスの点を欲するだろうし、それは際限なく《アド・インフィニトゥム》続くだろう。いいかえれば、人間は広大な宇宙のなかでただ途方に暮れることになろう。というのも、真のアルキメデスの点が唯一存在するとしたら、それは宇宙の背後にある絶対的な無にほかならないからである。」

「宇宙の背後にある絶対的な無」に存在するアルキメデスの点！　アーレントの『人間の条件』『過去と未来の間』にあるこれらの言が、神山にとつて大きな指標となつたことはうたがひない。それは西欧思想をふかく潜り抜けたはてに現れた西欧思想批判として、前記の、神山によつて敷衍された小林の発言と、はるかに呼応するものだからだ。これらを踏まへて彼はかう叙べる。

「原子核を操作することによって核分裂に取りかかることとは、宇宙の背後にある絶対的な無の地点から地球を動かそうとすることに通ずるような途方もない何かなのであり、そこに巨大なエネルギーが生みだされるのであるならば、それはもはや人間の手に負えるような仕業ではないことは、火を見るより明らかなのである。」（第十二章）

それでは吉本はどうか。吉本の思想は右のやうな観点から否定されるべきなのだらうか。さうではない、と神山は云つてゐるやうに思へる。

九五年の『母型論』から九八年の『アフリカ的段階について』にかけての期間に、「吉本のなかで、思想的な態度変更がなされた」（第九章）ことはよく知られてゐるだらうが、それが充分に検討されてきたとは云ひがたい。神山の論考は、この重要な問題と本格的に取り組まうとしてゐる。

「吉本からするならば、物質を素粒子にまで解体することによって、巨大なエネルギーをうみだすにいたったということは、マルクスのように原子の偏奇性によって説明されるものではなく、自然というものがもともともっている必然的な動力のようなものによって説明されなければならないのである。そこには、人間存在の無限性への独特の確信が投影されている。それを吉本は、人間個々の生死というのは、銀河系とともにあるものだから、銀河系が滅びるということがないかぎり、何度でも回帰して、この無限性を成就していくという言葉でいうのである。」（第二十六章）

自然と人間の「不断の交流過程」に価値の源泉をもとめたマルクスから多くを得てきた吉本の思想が、大きな変貌をとげるきっかけとなつたのは、三木成夫の著作にふれたことだつた。「環境としての宇宙のリズムと生物体の体内のリズムとが照応し、呼応する関係にあること」（「三木成夫について」九二年）といふ把握が、吉本をおどろかせたのである。神山の云ふ「自然というものがもともともっている必然的な動力のようなもの」、それが「人間存在の無限性」につながるといふこと、そのことの確信がそこから生まれてきたとすれば、この「本質的な意味でのナチュラリズム」（同）からは、マルクスの自然哲学の変奏ではない、それ以上の思想の可能性が引き出せるはずだ。「銀河系とともに」云々といふのは、吉本が死の一年ほど前、つまり三・一一の直後のインタヴュー（「吉本隆明「東北」を想う」／「飢餓陣営」36号）で叙べた言葉だ。うまく云へないが、こゝには「思想的な態度変更」以前の吉本の長い道程と、以後の吉本の閃光のやうな思想が融合されてゐるやうに思へる。

瀬尾育生は同じインタヴューでの発言をうけて、「それは自分の死を共同体に帰属させない、国家にも帰属させない、それをもっとすすめて人類にも帰属させない、地球にも帰属させない、かろうじて宇宙に、「銀河系」になら帰属させてよい」といふことだと叙べてゐた（「吉本隆明の3・11言論と「超越」をめぐって」／「飢餓陣営」37号／『吉本隆明の言葉と「望みなきとき」の私たち』〈一二年九月〉所収)。瀬尾はさらに、「われわれは死んだら、存在に帰るし、宇宙に帰るし、銀河系に帰るのですから、いまわれわれが、一人の死んでゆく個体として考えるべきことは、人類が滅亡するしないにかかわらず、存在にとって残される状態はどのようなものであるべきか、というようなことであるはずです。」と語る。

さきの神山の言とは微妙にニュアンスが異なるが、吉本の最後の思想を、その可能性の中心において読みとつたものとして、共に感銘ふかいものだ。(これにかぎらず、神山の論考のいくつかは、私からは、瀬尾の『純粋言語論』〈一二年七月〉と、右記の著書とのコラボレーションを奏でてゐるもののやうに見える。「第六章　損傷としての言語」がとりわけさうである。たゞ彼は詳細な「参照文献」にさへ瀬尾の二著を挙げてゐない。これはどうしたことか。堰を切つて溢れた言葉の盲点に入つてしまつたのだらうか。)

この書物のかたはらで、漸く読むことのできた三木成夫『胎児の世界』(八三年)に次のやうな一節があつた。

「「花鳥風月のこころ」という。それは、人間以外の動植物はもちろん、地水火風の四大にも「こころ」が見られることをいったものであろう。そこで、いま、この「こころ」を「リズム」に置き換えると「花鳥風月のリズム」となるが、その意味はもうここでは明らかであろう。花鳥のリズムは「いのちの波」を、また風月のリズムは「天体の渦流」をそれぞれさす。前者が小宇宙のリズムであれば、後者は大宇宙のリズムとなる。そしてこの両者は、たがいに共鳴しあう。「花鳥風月のこころ」とは、したがって、森羅万象が「こころを一にして」息づく、まさに宇宙交響の姿をいったものであることがうかがわれる。」

このなにげない、しかしふかく納得される美しい言明から聞えてくるのは、「マルクスは近代主義史観の枠組を解体することができなかった」（『アフリカ的段階について』）――それを解体、再構築できなければ、宇宙の極点からさしこむ「死の光」は増すばかりだらうといふ声である。

神山における「死の光」は、今後どこに向ふのだらうか。この書物で切りひらかれた視野から、多くの詩や小説がよるべない宇宙に塵のやうに漂つてゐる姿が、切実に看取されたやうな気がする。その行方をみまもりたいと思ふ。

（「ライデン」5号・14年1月）

境界を振動する詩魂

——吉本隆明と西行

風貌

古典詩人のなかで、吉本隆明と似た詩人を挙げるとすれば、何と云つても西行に指を屈するだらう。何が似てゐるのか。——風貌が。

とは云つても、吉本はともかく、西行の風貌が知られてゐるわけもない。わづかに白洲正子『西行』(一九八八年)が巻頭に掲げる、ＭＯＡ美術館所蔵の肖像画「西行像」が面影を今に伝へるといふ。それは我々が知る吉本の風貌と、その内向的な武骨さ、とでもいふべき雰囲気において似てゐなくもない。

しかし、そんなことよりも、「如何にして歌を作らうかといふ悩みに身も細る想ひをしてゐた平安末期の歌壇に、如何にして己れを知らうかといふ殆ど歌にもならぬ悩みを提げて登場した」(小林秀雄「西行」)西行と、「ひとたび外の世界に出ると、彼はなんとなく規格からはずれてしまう。骨格、風貌からして、常人ではないような印象を受ける」(鮎川信夫「固窮の人」)とされた吉本とは、八百年余を隔てた、相似る詩魂と感じられるところに、類似の風貌といふ印象をさそはれる所以があらう。

瀬尾育生は吉本への追悼文で、それを別の言葉で叙べてゐるやうに思へる。

「戦後の日本で書かれた詩の中で、二十世紀後半以降の「世界」へ持ち出してそのまま通用するのは、吉本隆明の詩だけだ。なぜなら戦後詩人たちのなかで唯一吉本の詩だけが、戦前期の「日本モダニズム」を経由しておらず、詩についての知性やイデオロギーや、帝国主義以降の時代の世界現代詩の翻訳された様式を上げ底的に媒介することなく、モダンの原質そのものでありえたからだ。彼の詩こそは、日本戦後のいちばん深い現存在が口を開いて、二十世紀後半の世界の、荒れ狂う嵐のようなものがそこから直接に言葉を発している現場だった。」（「吉本隆明からはじまる」／「ユリイカ」二〇一二年五月号）

瀬尾はこゝで決定的なことを云つてゐる。世界戦争の後、「二十世紀後半以降」の日本が「荒れ狂う嵐のようなもの」であり、「そこから直接に言葉を発している」のは吉本の詩のみであつて、それだけが世界にさしだせるものだ――このやうな差異線が引かれたのは、おそらく初めてのことだ。

吉本は八七年に『西行論』を著してゐる。そこでは次のやうに叙べられる。

「定家の絵画的イメージの産出を「新古今的」なもののラヂカルな象徴とみれば、西行の歌がさしているのは、極端なその反対物だといえる。（略）定家と共通の歌の基層をもった歌人は『新古今集』に多数を占めたが、西行の歌の方法は、はっきりと『新古今集』の歌風のうちで単独な意味しかない。裾野などなかった。」

瀬尾の言と、西行の歌には「裾野などなかった」とする、この吉本の断言には、大きく重なるものがあるやうに思へる。

境界

西行が生きた時代は戦乱と飢饉、災害に蔽はれた世だつた。青年時に鳥羽院に仕へる下北面の武士といふ官職を棄てて出家したのも、そこに根本的な理由があつた。西行のみではない。この時代に多くの貴族、武士に出家遁世といふ志向が生まれたのは、飢饉と災害が招いた蜂起や私闘を鎮圧するといふ役割のむなしさからだつた。それは「道路に充満す」と云はれた餓死者の上に死者を重ねるだけで、何ら解決を齎すものではなかつた。宮廷権力は腐敗するばかりで、なすところを知らなかつた。院に仕へる武士であるといふ立場は、とりもなほさずこの問題にたえず直面することだつた。

「抑《そもそも》西行者《は》（略）重代の勇士を以て法皇に仕ふ。俗時より心を仏道に入れ、家富み年若く、心愁ひ無きも、遂に以て遁世す。人これを歎美せる也。」（『台記』）

当時の史料はかやうに記す。貴重な史料ではあるが、い丶気な文言だと云ふほかない。「心愁ひ無き」者が出家するはずはなからう。この日記を遺した藤原頼長は、宮廷権力を独占するに至るが、綱紀粛正に失敗した挙句、この十数年の後には「保元の乱」を起して敗死する人だ。

惜しむとて惜しまれぬべきこの世かは身を捨ててこそ身をも助けめ

こんな世に生まれて遁世しようと思はないはうがどうかしてゐる。そんな西行の真率な声が聞えてきさうだ。この歌の詞書には「鳥羽院に出家のいとま申侍《まうしはべる》とて詠める」とあり、研究者は身分の低い西行が鳥羽院に直接暇乞ひできたはずはなからうなどと云ふ。院に直接手渡したかどうか、あるひは間接に渡して届いたかどうかなどは問題ではない。西行がこの歌の詞書として「鳥羽院に出家のいとま申侍」と記したことが重要なのだ。現代の研究者なら、帝王の事蹟などは歴史の彼方に薄れてしまつてゐるのに、その時代には無力であつた西行の歌が時間に洗はれた姿でそこに立つてゐること、その歌の逆転の力の大いさに驚くべきなのだ。歴史を知るとはさういふことだ。

世の中をそむきはてぬといひおかん思ひ知るべき人はなくとも

同じく出家のさいに歌はれたと思はれるこの作にも、「世を遁れける折、ゆかりありける人のもとへ言ひおくりける」と詞書がある。辛い訣れの恋歌だ。研究者は「ゆかりありける人」を未詳としながら、親類縁者ではないかなどと云ふが、さうではあるまい。『山家集』は「雑」に分類するが、雑の部にも恋の歌ととれる作は多くある。ゆかりのあつた人が誰であるにせよ、その人に思ひが伝はるはずがなからうと、「世の中をそむきはてぬ」といふつよい言葉をのこしておく必要のある人が、西行にはゐた。そのことが錯綜した歌の調子の底から湧きあがつて来る。こゝでは関係の網目に搦めとられることと、歌をつくることが同義になつてゐる。

捨てたれど隠れて住まぬ人になれば猶世にあるに似たる成けり

世中を捨てて捨てえぬ心地して都離れぬ我身成けり

これらの歌は出家して間もない頃、まだ都を離れた地に草庵を結んではゐなかつた時期の歌ととれる。だが、こゝにあるのはそんな一時期の感慨ではない。西行の生涯をつらぬいて流れる、聖と俗、現世と他界の境界を振れて、動きやまない旋律だ。

なぜ境界なのか。

西行が出家した保延六年（一一四〇）頃から、各地で紛争が頻発し、それとともに平氏、源氏に代表される武士団が伸長してゐた。都を主な舞台とする大規模な戦乱は、すぐそこまで来てゐたのだ。無関心でゐることは到底不可能だつた。それが出家者にとつて正しい撰択とも思はれなかつた。こんな歌もつくつてゐる。

悪し善しを思ひ分くこそ苦しけれたゞあらるればあられける身を

現世の善悪などは超越したはずの身であるのに、さうしたつて生きて行けるのに（「あらるればあられける身を」）、それに囚はれてしまふ。とりわけ将来に禍根をのこす陰謀をめぐらせた鳥羽院と、その陰謀がもとで起こつた戦乱に敗れ、流刑のはてに狂死した崇徳院の存在は、西行に「悪し善しを思ひ分く」ことの不可避さとそのむなしさを存分に思ひ知らせたにちがひない。

世中に大事出で来て、新院あらぬさまにならせおはしまして、御髪《ぐし》下して、仁和寺の北院におはしましけるにまゐりて、兼賢阿闍梨出で逢ひたり。月明くてよみける

かゝる世に影も変らず澄む月を見る我身さへ恨めしきかな

讃岐へ流刑になる直前の崇徳院を訪ねたさいの歌だ。行つても崇徳本人に会へるわけはなからうし、かりに面会できたところでどうなるものでもない。そんなことは承知してゐても、体は動いて近傍まで吸ひ寄せられてしまふ。それが西行といふ詩魂のなせるわざだつたと思へる。彼は晩年に至るまでそんなことを何度もくり返してゐる。

苦悩

小林秀雄は西行の「贈定家卿文」に出会ひ、「忽ち自分の心が極つて、西行論の骨組の成るのを覚えた」と云ふ。

世中を思へばなべて散る花の我身をさてもいづちかもせん

小林が注目した「贈定家卿文」の中の一文とは、右の西行の歌に付けられた藤原定家の判詞に対する返しの文である。

「世中を思へばなべてといへるより、終りの句の末まで、句毎に思ひ入て、作者の心深く悩ませる所侍れば、いかにも勝《かち》侍らん。」（定家）

「返す返すおもしろく候ものかな。悩ませると申す御言葉によろづ皆籠りて、めでたく覚之候。これ新しく出で来候ひぬる御言葉にてこそ候らめ。」（西行）

定家からすれば、判について、判詞について思ひあぐねたあげく、たまたま思ひついた言葉であつたかも知れない。だが、「悩ませる」といふこと、それが史上はじめて、歌に対する批評の言葉として発せられたことに、西行は驚き、動かされたのだ。

「彼の悩みは専門歌道の上にあつたのではない。陰謀、戦乱、火災、饑饉、悪疫、地震、洪水、の間にいかに処すべきかを想つた正直な一人の人間の荒々しい悩みであつた。」

このやうに叙べる小林自身が当時、「陰謀、戦乱、…」の中にあつて、荒々しく思ひ悩み、その悩みに従つて行動してゐた存在であつたことは申すまでもない。だからこそ、「心深く悩ませる」といふ定家の評言に対する「これ新しく出で来候ひぬる御言葉にてこそ候らめ」といふ西行の返答へのつよい共感が生じたのだ。小林の「西行」が発表されたのは昭和十七年十一月のことであつた。

この「贈定家卿文」には多くの背景があることが知られる。小林がことごとく省筆したものを持ち出しても始まらぬが、一つだけ註すれば、この文は「宮河自歌合《じかあはせ》」といふ西行の自撰歌七十二首を三十六番の歌合にしたものの加判を若い定家に依頼し、それに応へて送られた判詞に対する礼状であつた。定家はなかなか判詞を寄越さなかつた。依頼したとき西行は七十歳。定家を直接間接に督促し、殆ど脅迫して判詞を提出させてゐる。何が晩年の西行をそこまで駆りたてたのか。

定家の判詞が届いたのは二年余り経つた文治五年（一一八九）十月のことで、西行はこのとき既に死病を得てゐたやうだ。「贈定家卿文」にみられる西行のはげしい喜びは、「裾野などなかった」彼の孤立のうちにはぐくまれた歌の行方を、定家に託すことができた、といふ思ひから来ただらう。


きりぐ〵す夜寒に秋のなるまゝによわるか声の遠ざかりゆく

あるひはこゝで、多くの評者の引く「風になびく富士のけぶりの空に消て行方も知らぬ我思哉」を挙げてもいゝ。奥州合戦は前月に終り、百年の栄華を誇つた奥州藤原氏の王国は源頼朝の鎌倉軍によつて滅ぼされる。それと共に西行の七十三年の寿命も尽きようとしてゐた。

西行の陸奥行については前にもふれたことがある（「義経、西行、芭蕉」二〇〇六年／『詩的クロノス』）。それはわづか三年前の文治二年のことであつて、彼はその途次、鎌倉で頼朝と会ひ、その後平泉で藤原秀衡を訪ねてゐるよう。頼朝と秀衡といふ二つの勢力がかぎつた地勢図の境界に立つて、振動する西行がこゝにもゐる。

「（八月）十六日、庚寅。午の刻、西行上人は（頼朝の御所を）退出した。（頼朝は）頻りに引き留めたが、

（西行は）どうしても従はうとしなかつた。二品（頼朝）は銀作りの猫を贈物とされた。上人はこれを拝領しながらも、門の外で遊びまはつてゐた子供に（その猫を）与へたと云ふ。西行は重源上人との約束を受けて、東大寺再建費用の砂金を勧進するために奥州に赴くその通りがかりに鶴岡八幡宮に巡礼したものと云ふ。陸奥守秀衡入道は上人の一族である。」（『現代語訳 吾妻鏡 3』より）

深夜に及んだ前日の会談の記述の後、『吾妻鏡』はかう記す。鎌倉を去り、はるか奥州へ向つて行く西行の孤立した後ろ姿が見えるやうだ。

あはれ〳〵この世はよしやさもあらばあれ来ん世もかくや苦しかるべき

これは「宮河自歌合」の掉尾を飾つた歌だ。定家の判詞は引かずにおかう。言葉の破調に気をとられて、何も云つてゐないに等しいからだ。

それよりも、右の歌をふくむ西行の一連の恋歌に対して、ちやうど八百年のちに吉本隆明が付した「判詞」を引いてみたい気がする。そこではじめて西行の歌は、吉本の批評の言葉によつて、「武門」と「僧形」のはざまで振れうごく境界の「劇」として、全円を描く表現をあたへられたやうに思へるからだ。

「生命は概念に封じこめられているあいだは、形象をもつことはなくて、ただ糸のように折り畳まれている。ここでは生命が、体験の曲線に沿って言葉を解き放つのではなく、概念のうちで内攻し、せめぎあい、思わずところどころで、裂け目からうめき声をもらしている。（略）生命はただ概念の内側で行動している。」（『西行論』）

死の向うへ

わがくに最上の文藝誌「現代詩手帖」は、二〇一二年五月、全頁を吉本隆明への追悼で埋める特集を組んだ。その死から一ト月半後のことである。およそ三百頁の誌面に六十人を超す執筆者が追悼の文をした丶めた。

しかしながら私がそこでもつとも印象づけられたのは、どの追悼文でもなく、巻頭に黒地白抜き文字で三頁に亘つて印字された次の詩だつた。

ここは三月の死んだくにから
わづかに皮膚をひとかはうちへはいつた意識のなかだ
意識のいりくんだ組織には死臭がにほひ
こはれかけた秩序をつぎあはせようとする風景と
そのなかにじぶんの生活をなげこまれながら
はるかに重たい抗命と屈辱とをかくまつた　べつの
意識が映る
ぼくたちの意識を義とするものよ
それはどこからきてぼくたちと手をつなぐか

それは海峡のむかうの硝煙と砲火あるところからか
またそれはヨオロッパのおなじ死臭のなかからか
それはおなじ死臭の
べつな意味を
死んだ国のなかでつくり出さうとするものからか
死んだにつぽんよ
死んだにつぽん人よ
おまへの皮膚のうへを砲をつんだワゴンがねりあるく
おまへの皮膚は耻をしらない空洞におかされてゐる
おまへの皮膚から屈辱がしんとうしてゆく
やがておまへの意識はふしよくされた孔から
じつに暗い三月の空をのぞくだらう
（第一聯）

この詩を読んだ多くの人は、「ふしよく（腐蝕）された孔から」「じつに暗い三月の空」を覗いてゐた、前年一一年三月十一日以降の数週間を想起したのではないだらうか。――「三月の死んだくにから／わづかに皮膚をひとかはうちへはいつた意識のなか」で、「死んだにつぽんよ／死んだにつぽん人よ」と呼びかけたかつたのは、私だけではなかつたはずだ。
そんな詩であるはずはない。この詩は川上春雄によつて発掘され、一九五三年の作と推定された吉本の草稿「〈死のむかふへ〉」であつた。

五三年三月はソ聯の独裁者スターリンの死んだ月であり、それを契機に朝鮮戦争（「海峡のむかうの硝煙と砲火あるところ」）は半島を分断したまゝ休戦に向かはうとし、ソ聯・東欧では大きな混乱と弾圧・粛清（「ヨオロッパのおなじ死臭」）がふたたび始まらうとするときだ。わがくにでは米軍による占領が前年にやうやく終り、その直後の「血のメーデー」事件を経て、日本共産党の武装闘争路線は終熄に向かはうとしてゐた。どこにも新しい希望などなかつた。

朝鮮半島と「ヨオロッパ」のおびたゞしい「死臭」の手前には、三百万を超えるわがくにの戦争による死者と、戦後に斃れた死者の姿があり、その死を無駄にするまいと思つても、行くべき場処はなく、たゞ生命が「概念のうちで内攻し、せめぎあい、思わずところどころで、裂け目からうめき声をもらしている」。

そんな情況のなかで書かれた、瀬尾育生の云ふ「日本戦後のいちばん深い現存在が口を開いて、二十世紀後半の世界の、荒れ狂う嵐のようなものがそこから直接に言葉を発している現場」であり、「裾野などなかった」吉本の詩が、六十年の時を交錯して、このとき甦つたのだ。

〈愛するひとたちよ〉
わたしこそすべてのひとびとのうちもつとも寂寥の底にあつたものだ　いまわたしの頭冠にあらゆる名称をつけることをやめよ
（吉本『固有時との対話』）

すさみ〳〵南無《なも》と唱へし契りこそ奈落が底の苦に代りけれ

死出の山越ゆる絶え間はあらじかしなくなる人の数続きつゝ

（西行『聞書集』）

吉本隆明は、そして西行は、「寂寥の底」「奈落が底」、つまりは「死の向う」へ越境し、そこから引きかへして、現世にかゝはり、どこまでも対処しようとする——死者と共にあつて、死者の悩みを悩みとする詩魂だつた。

＊西行の歌の表記は『西行全歌集』（久保田淳・吉野朋美校注、岩波文庫、二〇一三年）に拠つた。

＊＊この稿を書くあひだ、私のなかでたえず鳴つてゐたのは、晩年の吉本のこんな言葉だ。

「これは批評とは何かということに関係してきますが、小林秀雄に西行論があって、これは少しも実証的ではなく、ちゃんとした西行像も作っていないのだけれど、たいへん優れたもので、これを超えていくことはできなかったなというのが僕らの考え方です。僕らはある程度は調べましたから、小林秀雄が言っていないことをたくさん言っていますが、そんなことは丁寧に調べれば誰でもできることで、問題にならないわけです。小林秀雄の西行論は四〇枚から五〇枚程度のものだと思いますが、たいへんなものだなと今でも思います。批評としてこれ以上のものはなかなか難しいと思いますね。」（『吉本隆明が語る戦後55年・12』二〇〇三年）

（「ライデン」6号・14年7月）

吉本隆明の詩的七〇年代

一

あの夏は帰つたか？
日のまばゆさのなかに
焦慮よりももつと焦げた
ある瞬時の光熱のなかに
さいはてという言葉が必要なほど
白く遠い空の果てに

（「帰つてこない夏」第一聯）

吉本隆明の詩のことなら、いつでも、どこからでも語れる。でもほんたうは、いつでも、どこからでも、ではだめだ。もつと生命が集中して焼け焦げたやうな時と場処を、自分のなかに創らなければ。それは可能だらうか。

まう四十年の昔になる。一九七四年のことだ。六〇年に始まる辛く長い原理的な仕事にひと区切りをつけた吉本さんは、詩作の世界に舞ひ戻つて来られたやうに見えた。さらに規模の大きな原理的な仕事をつゞけられながら、である。それは十年ほどもつゞいただらうか。「帰つてこない夏」はそんななかの一篇だ。

「焦慮よりももつと焦げた／ある瞬時の光熱」「さいはてという言葉が必要なほど／白く遠い空の果て」——私たちは可能な時と場処でしか生きられない。けれど詩の言葉ははじめから不可能な時、不可能な場処に向つてゐる。

中原中也にこんな詩があつた。

なんだか、深い、溜息が、
　なんだかはるかな、幻想が、
湧くけど、それは、摑めない、
　誰にも、それは、語れない、

誰にも、それは、語れない、
　ことだけれども、それこそが、
いのちだらうぢやないですか、
　けれども、それは、示《あ》かせない……

（「春宵感懐」第二、三聯）

中也は「それこそが、／いのちだらうぢやないですか」とうたつてゐる。つまり、「死」へ向ふ意識を生むこと、それ以外のどこにも出口がない意識を生むこと、それこそが「詩」の力なのだと云つてゐる。吉本さんもまたその力に身をまかせることを、このときの生命の必然として受け容れたやうに思へる。すると何があらはれたのか。

そうすることがよかつたのかどうか
悔いの真似事によつて
あの空のしたの出遇いは帰つてきたか？
焦げるような艶かしさに
もしも「慕」という名を与えるとしたら
どこへ帰つたらよいのか？
行つたまま帰ることができない
そんなものにみんな名前をつけるとして
それは生きること自体に似ていた
まるで時間の壁にぶつかるような

（「帰つてこない夏」第二聯）

吉本さんは中也のやうに、「僕は此の世の果てにゐた。陽は温暖に降り洒ぎ、風は花々揺《ゆ》つてゐた。」(「ゆきてかへらぬ」冒頭)と書いてもよかつた。「あの空のしたの出遇い」「焦げるような艶かしさ」「慕」という名」――こゝであらはれたエロスのやはらかいひゞきは、しかし「生きること自体」である「時間の壁」にぶつかつて撥ねかへされる。なぜさうなるのか。なぜこの壁を越えてゆけないのか。

中也とちがつて、吉本さんからは「情況」のなかの「真」を索める気持が失せなかつた。年を追ふごとに熾烈になつてゆくばかりだつた。それは「関係」のなかでの抗争、軋轢、別離、悔恨をもたらさずにはゐなかつた。それに耐へること、そのことからくる堰を切つて溢れる想ひに形をあたへずにはゐられないこと、それが吉本さんにとつて、詩をつくることと同義となつた。

ゆくところまでは行つたか?
佇ちつくすじぶんにむかつて問う
これからさきは破壊がなければ
どうすることができる?
などと弁解することなかれ
きみがうみだしたのは息を喘えがしているひとつの過敏な神経
と　不信だけ
きみがもたらしたのはきみの心の軟禁だけ
立ちのぼる明日はない

どこへゆく風信線も絶ち切れて
きみがもたらしたのは監視する視線だけ
みじめな心になつてしまつた病者の眼の光だけ

（同 第三聯）

「情況の真」を追究することは「関係の真」をもとめる心と、いつも喰ひちがつてしまふ。「ゆくところまで」行けば行くほど、「情況の真」は断絶と訣れを、「関係」においてもたらしてしまふばかりだ。そして生きるといふことは「関係」のなかで、その折り合ひのつかなさを、なだめたり増幅したりすることなのだ。どこまで行つてもそれは変らない。

「息を喘えがしているひとつの過敏な神経」「不信」「心の軟禁」「監視する視線」「みじめな心になつてしまつた病者の眼の光」……そんな言葉がとめどなく溢れるのは、しかしそれだけの理由からであるはずはない。もつと普遍的な根拠があるはずだ。

私は憤るにもの倦く、私じしんを
食卓のかたわらの一個の静物であるかのように、
私の内部から私をうながしていたもののすべてを
とうに失くしてしまったかのように、感じている。

私の体中から噴きだしていったものたちは

ついにかたちをなさぬままに
厨房の隅、魚の骨や野菜屑のかげで
腐りかけていて、それでも身がまえている。

（中村稔「驟雨の前に」二、三聯）

同じころ吉本さんとほゞ同世代の、全くべつの生を送つて来たかにみえる詩人は、右のやうにうたつてゐた。言葉の貌つきはちがふが、じぶんに対する容赦のなさ、なしとげてきたものに対する仮借ない審問、その自己否定力のつよさにおいて、ほとんど共通するやうに思へる。もう一人の詩人をあげてみようか。

この晴天の暗鬱はどうだ　みずうみに
真夏の光は溢れ　思考の銅は失われ
胸の奥底の　敗残の秘密だけが
無風のなかで　じりじりと焦げている。

湖水の中心に　不意に立つもの　おお
一瞬にして消え失せる　正午のまぼろし。
それは　恨みのゆらめく焔ではなく
諦めのしぶきの　長い噴水でもなく。

（清岡卓行「多摩湖3」一、二聯）

書誌をみると、「驟雨の前に」は七七年、「多摩湖3」は「帰つてこない夏」と同じ七四年で、三作とも同じ初出誌（「ユリイカ」臨時増刊号「現代詩の実験」）をもつてゐることが知れる。この世代の詩人たち、敗戦時二十歳前後であつた戦中派の詩人たちを、三十年後のこの時期、ひとしく襲つた悔恨、徒労、喪失感は、彼らなりに青年期をたゝかひ、生き抜いてきたといふ達成感とは全く無縁に、残酷なまでに深かつたことをこれらの作は示してゐる。

「学問の研究、文化の創造どれ一つとってきても、やはり全部現在の世界における文化、文学の重量を全部背負い込んで、それを普遍化できるような存在なしには、終着点や発端点にとりつく、どういう共同性といったものを思いえがくこともできないのです。これは、組織的主観や、セクト的主観とは全くちがうので、そういう存在があらゆる面で出てこなくては、決して、革命に到達する組織、あるいは革命に到達する共同性といったものが、生みだされるはずがないのです。そういうところで、どうかんがえたって、文化的にも文学的にも学問的にも貧しくて、猿マネばかりして、じぶんたちの力でかんがえ建設しようとしない連中こそが、連合赤軍の共同性を貧しくしてしまった根本的な原因だとおもいます。前段階的な責任はそこにあるとかんがえたらよろしいのです。」

吉本さんは七二年の講演「連合赤軍事件をめぐって」（『知の岸辺へ』七六年所収）で、このやうに叙べた。この年の二月にピークをむかへた連合赤軍といふ「劇」——成員のあるものは内部粛清によつて惨殺され、あるものは籠城のすゑに捕縛された、日本社会全体からの非難の的となつた事件に対して、吉本さんは少しも逃げることなく〈擁護〉ともとれる論陣を張つたのだ。肯定したのではない。この途轍もなく誤つた共同性の暴走を生んでしまつたのは、じぶんの思想が普遍性へと至りえなかつたからで、同じやうな惨劇はじぶんのなかにもある。そのことに気づかないで、連合赤軍を非難だけしてゐる言説は、じぶんの欠陥を表出してゐるにすぎないのだと。そんなことを叙べたのは吉本さんたゞ一人だつた。

このとき吉本さんの心にあつたのは、「焦慮よりももつと焦げた」深い徒労感と、自他への失望だつただらう。それをまるごと表出する手だてとして詩はあり、さうすることでそのつど感性的に情況をのり越えることは、思想的にもちこたへるための体勢をつくりなほすことにほかならなかつた。

燃えでた緑にはどこか災厄があつたと
七四年版『理科年表』は　とある頁の一隅に記すだろう
凍える長雨と蒸気の暑さとが
きみの額の冷たい汗に映つた

きみは生涯を賭けたか?
きみは反省の趣味を拒絶できたか?
きみは友の冷たんを無視したか?

きみは病者の首を締めるほど残忍たりえたか？
つちかつた背徳をすべて呑みほして
どんなおつりがあつたか？
（「帰つてこない夏」第四、五聯）

それは「七四年版」の歴史的段階のできごとであつて、四十年後の今日のそれとは異なるだらう。けれど右の詩句にみられる倒錯的なまでの自己糾問は、段階の如何を越えて、くりかへし原罪のやうにおとづれることがある。そんな瞬間をみごとにとらへたものだ。徒労感の底をさらふやうに言葉がしぼりだされてゐる。

演じられた劇のなかできみはいう
〈もはや戻る道はと絶えたが
ゆく道もと絶えた
おれにできたことといえば
すべての風信をせばめたあげく
ついにもつとも惨たんたる
不可能に帰つたこと〉
興行せよ　二幕目を
きみには無限の貸しがある

せめたてる死の債鬼があつても
きみはもう肝じんのヒロインを呼びもどせない?

（同 終聯）

「すべての風信をせばめたあげく」「もつとも惨たんたる不可能に帰り」ながら、その場処から離れずに、「二幕目」の「興行」を始めること。そこで演じられるはずの「劇」は、はじめから破綻をしひられたものだ。そしてこの破綻した「劇」の展開こそが、この世界を包括する可能性をもつ。そこにいたる細い道をたどる以外に、人がやるべきことはない。それが「二幕目」の意味だつたと思へる。

二

吉本隆明さんは二〇一二年三月に亡くなつた。数への享年で云へば八十九歳だつた。そんな高齢であるにもかゝはらず、その死が人に衝撃を与へたのは、吉本さんが生前から多くの〈死〉をかゝへこんでゐた詩人・思想者だつたからだ。多くの〈死〉をかゝへこんだまゝでも人は生きられる――そのことがどれほど人を勇気づけたことだらうか。

これほど苦しい海はない
波の手にひるがえる風の

そのさきに白い秋がきていた
歳ごとに薄くなるのは
喜ぶ心　かなしむ心
渚まできたとき　歳月は
すべて苦の砂に変つている

（「海は秋に」第一聯、七六年）

凡庸な詩句に思へたとしたら、それは読み違へだ。こゝでの主体は「海」であつて、陸から海を眺める人間の話者がゐるわけではない。「海」自身が、向うから「これほど苦しい海はない」と語りはじめてゐるのである。その海が「渚まできたとき　歳月は／すべて苦の砂に変つている」。

沁みとおるように
消えていつた手
還る潮はない
打ちよせるばかりであるものに
わたしは瞳をむける
たれかが腐りかけた魚の目のようだといつた
廃村の真昼のような
寂かな空虚しか映さないこの眼に

海は墓標を立て
卒塔婆を流す
（同第二聯）

そこへまう一つの視線があらはれる。それは上方から俯瞰する「わたし」の視線だ。その視線は「廃村の真昼のような／寂かな空虚」しか映さず、そこには「墓標を立て／卒塔婆を流す」海があるばかりだ。この死の空間——「風の波」が「打ちよせるばかり」の空間は、空虚であるとともに、とても解放的なものだ。現世の空間が向うから来る視線と、上から降りてくる視線によって二重化され明滅してゐる。つまりこの空虚は充溢してゐるのだ。

瞬間の死にリズムはあるか　岸辺の
汚れた音楽をこわすために
微かに秋をまき込んでみせるような
風の波に
わたしの礼儀はもう終つた
訣れたいすべてのものに
疲れきつたすべてのものに
この渚から去るとき
すべてのものから去つていたい
（同第二聯つゞき）

錯綜する視線のなかで、現世からの「訣れ」がのぞまれる。「瞬間の死」あるひは「死の瞬間」が刻むだらうリズムが、「わたしの礼儀はもう終つた」と告げてゐるから。だがそれもまたさまざまな視線の一系列——「この渚から去るとき／すべてのものから去つていたい」といふ願望がもたらした一系列にすぎない。

病んだ風が臥した波の形
まだ云うことはのこつていると
母に似た岩のかげに
深い水口を呼びこんでいる
この岬のちかくに
去年あつて　今不在のもの
去年なくて　今存在するもの
わたしがうづくまつている不在のうえに
まだ空の色が映つている
字のない字幕のように
垂れさがつて
わたしがそこにわたしの姿を視るために

（同　第二聯つゞき）

不可能なイメージが次々にくりだされる。「母に似た岩」、その陰に呼びこまれる「深い水口」、「不在のうえ」にうづくまる「わたし」、そこに映る「空の色」に垂れさがる「字のない字幕」……充溢した空虚のなかに、これらのイメージは話者を介して作者の心と、まるで慰藉のやうにひゞきかはしてゐると思へる。

言葉にのこつている象徴は
わたしのなかに眠る未明だ
海は秋に
秋は海に

（同　終聯）

三

「死ねば死にきりである。親しく顔をつきあわせて文学の同行者であった時期も、著作を介してお互いの仕事を遠望してきた時期も、われわれが共感してきたことは、何よりもさきに書くことの態度であった。時勢はますますわれわれの態度に与せず、貴方の病いもまた最後には貴方の敵であった。貴方は、じぶんの態度の完成を、死に求めざるをえなかった。死は一切からの解放であるという声は、あの戦争に身をひたしたものに、ときとして訪れる誘惑である。貴方は、ふとそれを択ぶ

気になった。」（「哀辞」七五年）
　これは村上一郎が自死したときに読まれた吉本さんの哀切きはまる弔辞だ。「時勢はますますわれわれの態度に与せず、貴方の病いもまた最後には貴方の敵であった。」――その死への誘惑、傾倒は、「あの戦争に身をひたしたもの」だけにやって来たのではない。もっと普遍的なものだつた。「海は秋に」は、その普遍性にもつとも近づき、身をひたしながら、それをさまざまな視線にまぶすことによつて、包括する試みだつたと云へる。「死は一切からの解放であるという声」は否定されたのではない。産出された不可能なイメージの構成で包括することによつて、そのつど乗り越えられたのだ。

ぼくは死なない
死ねば一緒に死ぬものがあるかぎり
たとえば庭の石ころのしたに
いるハサミムシ　驟雨が過ぎてなかなか引かない
泥水のなか溺れそうに泳いで渡る
霧のドーヴァ海峡
乱流のなかの敷石の涯へ

（「小虫譜」七八年、第一聯）

二年後の「小虫譜」はこのやうに書きだされる。微小なものへの虫のやうな視線と、巨大なものの宇宙からのやうな視線が重ねあはされる。「庭の石ころのしたに／いるハサミムシ」と「霧のドーヴァ海峡」が「驟雨が過ぎてなかなか引かない／泥水」を介して連結されるのだ。なぜそんなイメージの連結が喚ばれるのかと云へば、冒頭の「ぼくは死なない」といふ断言の理由を、立体的に、多角的に示したかったからだ。「ぼく」が死ねば、これらのイメージの全体も死んでしまふ。それがあるかぎり「ぼく」は、あの死への誘いを却けることができるのだ。

たとえば
サンゴ樹の葉のうらのキリモトラ・アブラムシ
一緒にどんなに来る日も
来る日も亡命を準備したろう
闇のダマスカスへ　あの雫の吹きよせない
酷暑の檐の裏へ

たとえば
ミカン箱の方形の第4収容所
すこしモダンなプラスチック製の軍刑ム所
終身収容されたウラボシ科へビノネゴザ
すれちがいざま来る夏もつぎの夏も

脱走について暗号をかわしてきた
水ぬるむ森林の大スンダ諸島
坂のしたの列島へ

そこに何があり
ぼくらは何をしてきたか
高尚と壮大の神学を排して　できるだけ
小さな存在と組みたかった
大気に発電する太陽に反抗して　その熱線の
とどかないさき
蟻の未来のような虫の政府を
建設したかった

（同 第二、三、四聯）

「高尚と壮大の神学を排して」「小さな存在」と組むこと、「蟻の未来のような虫の政府」を建設することが、たとへば「亡命」や「脱走」に繋がることのない歴史を望見することだ。なのに「ぼくら」は何をしてきたのか？　その逆のことばかり、つまり戦禍と惨劇に繋がることばかりしてきたのではなかつたか？　それを根柢からくつがへすイメージを形成するのが詩であるはずなのに。

この企図には悲しみが容れられた？

朝顔の蔓のさきから光る繊毛に
映ったのは露のような虫たちと
虫たちとの訣れか　邂逅か
ゆきたくなければゆくことはないと
囁いている羽虫の母
どうせどこへ逃げていっても世界が牢獄だ
ということは　この社会では決定されている
と散乱と同型の理論で説明する蜘蛛の小さな息子

これはちょっとしたいい風景？

〈絶対的真理の大僧都〉がいないので
世界の外にでて抽象的な反抗と
抽象的な理論にふけっているという声がきこえない
風に揺れる木の葉の音
樋の問う瀑布へ

（同　第五、六、七、八聯）

微小なものへの視線と巨大なものへの視線の重ね合せ、二重化は、こゝでもつゞいてゐる。それは「朝顔の蔓のさきから光る繊毛」とか「風に揺れる木の葉の音」のやうな具象的なイメージから、「どうせどこへ逃げていっても世界が牢獄だ」とか「世界の外にでて抽象的な反抗と／抽象的な理論にふけっている」のやうな概念的イメージまでを包含しながら、「樋の問う瀑布」へ、つまり微小なものから巨大なものへ、「世界の外」へ、なだれ落ちてゆく。

世界の外にはじつに
世界があった
虹の油煮とふりそそぐ緑の蛋白質を食べて
まだ明日のさきに　動く密林のような
明日があるさ
虫の論理にある巨きな拒絶
咲く音楽の日の革命

（同　終聯）

終りはクライマックスとアンチ・クライマックスだ。そのことが不思議に調和した二重の曲線を描いてゐる。「明日があるさ」は「明日がなかつた」と云つても同じことだし、「虫の論理」は「宇宙大の論理」、「巨きな拒絶」は「巨きな受容」と置き換へ可能だ。そんなイメージの差異の変幻を、一つの文脈に統覚することが、「咲く音楽の日の革命」だと云つてゐるやうに思へてくる。

吉本さんは、これらの作品を書くことで何をしたかつたのだらうか？　七〇年代といふ「死の時代」を、二つの視線で包括しながら、一刻も速く駈け抜けたかつたのだ。それが「焦慮よりももつと焦げた／ある瞬時の光熱」（「帰つてこない夏」）の意味だつたと思へる。

このころに出された『戦後詩史論』に、吉本さんは七八年当時の詩の現在を踏査した「修辞的な現在」といふ論考を書き下ろした。そこにはこんな言葉がみられる。

「沈滞している現在の情況の由来はほんとうはよく判っていない。何がどうなっているのか。どこへ行こうとしているのか。もちろんそれを詩の現在から占おうとしているわけでもない。それとともに詩がしめす主観的な気焔なぞにこれっぽっちも信がおけるわけではない。ただ詩はいつも無意識に成遂げつつある何かだ。言葉が無意識のうちに具現しつつある現実の象徴は詩人の思惑を超えることがあるとおもうばかりだ。」

「いつも無意識に成遂げつつある何か」としての詩、「無意識のうちに具現しつつある現実の象徴」としての詩――つまり、自己のイメージと現実のイメージを未知のものに変換すること、それによつて自己と現実の関係をつくりかへること、それをのぞいて詩の存在理由はない。その未知に最もよく躙り寄つてゐたのが、ほかならぬ吉本さんの詩であつた。

こゝに展けた視野から、七年後の八五年から長期連載が開始される「ハイ・イメージ論」の大きな飛躍は用意されたと云つてもいゝ。そこでは「上方から俯瞰する世界視線」と「地面に平行する人の普遍視線」の交叉が、未知の世界像を描いてゐるさまが、さまざまな表現のジャンルを通して探索されることになるだらう。「沈滞している現在の情況」は、そんな詩と思想のいとなみによつて、乗り越えられうるのだ。そのことを吉本さんの生涯は示してゐる。

(『吉本隆明〈未収録〉講演集』第10、11巻〈筑摩書房刊、15年9、10月〉「月報」掲載稿の異稿/執筆14年11—12月)

最後の叡智の閃き

――吉本隆明『「反原発」異論』を中心に

風の変わり目

吉本隆明は生涯の最後まで孤立した人だつた。孤立したつて生きて行けるといふことを示しつゞけた人だつた。そのことがどれほど私に生きる勇気を与へてくれたか計り知れない。それだけではない。孤立の極限で書かれたものは、必ず人の共感を喚ぶはずだといふこと、それがわがくにの文化の根幹を形づくるのだといふこと、そのことをもまた示しつゞけた人だつた。

孤立はもちろん関係世界のなかでの出来事だ。したがつて自分をとりまく関係世界がすべてだといふ思想からは、孤立が撰択されることはない。関係世界の外に無限の時空があること、そこでこそ人は試され、生き死にするのだといふこと。その時空を環境世界と名づけるとすれば、そこから視られた関係世界は重要ではあるが限定されたものにすぎない。さうした考へは、軋轢にみちた関係世界からの解放をもたらすものであると同時に、環境世界から視た関係世界の変革を、また逆に関係世界から視た環境世界の変革をうながすものでもある。

『「反原発」異論』（論創社／二〇一四年十二月）の前半を占める最晩年の、つまり三・一一の震災後のインタヴューで、そのことは繰り返し、ちがふ言葉で、多くは宮沢賢治に仮託して語られる。
「広く言えばこの一、二年、ぼくの感覚としては半年くらい前から日本の天候を考えると風の向きや潮の方向が変わってきたような気がする。日本の天候現象というのは以前と同じように考えちゃいけないんじゃないか。」（「風の変わり目」一一年七月）
「風と水（川と海も）が著しく変わっていて、その変化が東北だけじゃないとすれば全体的に、世界的に何か変化が生じていて、地震や津波もそのなかのひとつとして現れている。」（同）
「ぼくは現地になかなか行けないせいもあって間怠《まだる》っこしいと思うこともありますけど、今回の震災によって大きく変わったのは、自然現象と人間の生死のかかわりを考えるときに自分の思考様式の多様性をどう掘り下げていくのかということですね。」（同）
衰へて行く力をふりしぼるやうにして直観が研ぎすまされる。環境世界に大きな変化の兆しがあらはれてゐることに我々はもつと気づくべきだ。それによつて自然と人間のかゝはりを根幹とする我々の思想はつくりかへられるはずだといふこと。
もつと引いてみよう。先のは「ユリイカ」といふ詩の雑誌でのインタヴューだつたが、次は「ビッグ・トゥモロウ」といふ若い人向けの雑誌でのそれだ。
「たとえば、今回の大震災。皆さんは若い時に、この大きな問題に向き合うことになりました。当面、放射能の問題もあります。自分ではどうしようもない天然、自然の災害と、その後の人災。これが重なり合った重大事について、皆さんは一番先頭を切って悩み、考えていく役目を背負ってしまったのです。その宿命の重さは、戦争を思い出させます。」（「八十七歳は考え続ける」一一年八月）

これだけでも云ふべきことが全て云はれてしまつてゐる。若い人であらうとなからうと、我々は環境世界の大きな変化にどう対処するかといふ宿命から逃れられない。このことは三・一一以後に現はれた言葉の表情に、そのことが窺はれるものと、馬耳東風であるものとの間に、分水嶺のやうにはつきりとした差異線を引くことになつた。

原子力文化

「自分ではどうしようもない天然、自然の災害と、その後の人災」――「その後の人災」とはむろん震災・大津波が招来させた原発事故のことだ。吉本は三・一一以前から、『「反核」異論』(一九八二年)にみられるやうにイデオロギッシュな反核・反原発運動に苛烈な批判をくはへてきた。それはこの本でもみごとに一貫してをり、多くの論議を招んだことも周知のことだ。

たとへば高橋忠義編の「年譜」(講談社文芸文庫版『マス・イメージ論』〈二〇一三年〉所収)二〇一二年一月の項は、かう記す。

「福島原発事故による被害拡大で「反原発」「脱原発」が声高に叫ばれるなか、週刊誌が「『反原発』で猿になる!」のタイトルで吉本の発言を掲載。これはいわば「吉本隆明の遺言」となったが、前年からの一連の「科学技術と原発」に対する発言に対し、吉本と懇意の文学者はじめ知識人などがこぞって猛反発していく。」

「こぞって」かどうかに疑問の余地はあるが、一二年当時の雰囲気をよく伝へてゐよう。吉本との対談集まで出してゐる〈懇意の文学者〉辺見庸の次のやうな発言はその代表的なものだ。

「〔吉本さんは〕右にも左にも極右にもアッパラパーのタレントにも都合よく使いまわされ、消費され、適当に排泄された。その最たるものが、日本原子力文化振興財団の雑誌『原子力文化』特別号（一九九四年十月）の巻頭インタビューに登場して原発PRに一役買ってでたこと。おれは何年も後になってからそのことを知って、かなりショックだったな。小沢一郎擁護より決定的にダメだなと思って、それから吉本さんのことを考えるのは完全にやめにした。」（『死と滅亡のパンセ』毎日新聞社／一二年四月）

これは吉本の死の直後の発言であつて、辺見はその後、他でもかうした発言をくりかへしてゐる。「小沢一郎擁護」がなぜ「ダメ」なのか。吉本は少なくとも根拠を示したうへで小沢一郎の政治思想を限定的に評価してゐたと記憶するが、辺見はそれを全くせずに「ダメ」だと宣ふ。これを「俗情との結託」といふ。それよりも「決定的にダメ」なのが、「原子力文化」の巻頭インタヴューに吉本が登場したことだと云ふが、一体どこが「ダメ」なのか、辺見は一言も語つてゐない。こゝには「毎日新聞社」や「角川書店」から本を出すのはい、ことだが、「原子力文化」に寄稿するのは「ダメ」だといふ半端な倫理があるばかりなのだ。

吉本は辺見とちがつて自分の文を公表することについての徹底した倫理をもつてゐた。たとへば麻原彰晃の著書への書評「『生死を超える』は面白い」がオウム真理教の雑誌「SACCA」に転用され掲載されたことがあつた。それについて、

「もちろん私の了解と同意を得たものではない。だがわたしが書いた文章は確かな考え方で公開された文章だから、どこからの転用も全く自由であり、望むところでもある。そしてこのことをもと

にしたわたしにたいするデマゴギーの醸成を許さない。」（『親鸞復興』「まえがき」九五年）

「望むところでもある」とまで云ひきつて、はつきりと肯定した。吉本の否定するのは、不確かな市民社会の倫理（近年ではそれをコンプライアンスといふらしい）をあてこんで、つまらないデマゴギーをまきちらす辺見のやうな者たちに対してだけなのである。

「反原発」で猿になる（！）

この本にはその「原子力文化」でのインタヴューも収められてゐる。これを読めば、それが「原発ＰＲ」（前掲、辺見）どころでないことは瞭らかだと思ふ。こゝで吉本は原発について、「どういう立場のどんな人から申し入れがあっても、いつもフランクに公開され、説明も受けられ、自由に見学もできるといった体制が前提としてあればいいのではないでしょうか。／つまり、こういうふうに安全で、もし故障が起こるとすれば、こういうチェックの仕方があって、というようなことを誰にでもわかるように見せるようにすることが大原則だと思うんです。」（「原子力・環境・言葉」九四年、傍点引用者）

このやうに苦言を呈してゐる。これだけでも〈原子力文化〉にとつて、とても耳の痛いことだつたはずだ。この最も重要な「公開の原則」が吉本の言に従つてなされてさへゐれば、と思はない人がゐるだらうか。それどころか驚くほど緩い安全対策しかなされてゐず、それを公開しなかつたことが今や瞭らかになつてゐる。いつたんシビア・アクシデントが起これればどうなるかを知りながら、である。吉本や我々一般人がそんなことを知る由もなかつた。

返す刀で吉本は、当時の反原発運動を批判する。
「原子力発電所に反対だという運動をしている人たちが、理性や論理や、科学を組織すれば運動になるが、恐怖心や恐怖のイメージを結集するのは、市民運動や政治運動でも同じですが、運動の原則にはならないということですね。（略）そういうことは文明の進展する方向性に反するじゃないか、と感じます。／つまり、「原子力文化」がだんだん衰退していくということがあり得るとすれば、それを超える文化が発展してきたときです。そうでない限りは、やはりそういう一つの時代を人類は通過していく、これは文明史的にいえば、必然なので、避けられないでしょうね。」（傍点引用者）
前段は「市民運動や政治運動」の、つまり新旧左翼の勢力拡大のための道具になつてしまつたイデオロギッシュな反原発運動に対する批判だ。そんなものが支持されるわけがなかつたが、それを表立つて批判した吉本を、〈原発推進派〉だなどといふレッテルを貼つて躱《かは》さうとするのは、当時からの常套手段だつた。
後段は吉本がくりかへし説いてやまない「科学は科学によつてしか乗り越えられない」といふ原則だ。たとへば最後の発言となつた「「反原発」で猿になる！」（この本で「！」が省略されたのはなぜだらう）では、次のやうに語られる。
「我々が今すべきは、原発をやめてしまうことではなく、完璧に近いほどの放射線に対する防御策を改めて講じることです。新型の原子炉を開発する資金と同じくらいの金をかけて、放射線を防ぐ技術を開発するしかない。」（一二年一月、傍点引用者）
これはほとんど既存の原発をやめてしまへと云つてゐるに等しい。〈原子力ムラ〉がそんな経済効率に合はないことをするはずはないからだ。ではなぜ吉本は、放射線に対する完璧な防御策を「新型の原子炉を開発する資金と同じくらいの金をかけて」開発するべきだと説いたのだらうか。それによつて、現存する原発を「超える文化が発展する」といふことが、これまでの科学技術史からみちびきだされる理路であつて、たんに原発を廃棄するといふことはその道を閉ざしてしまふことになるからだ。

元素変換／核融合炉

吉本が「原発」といふとき、それは原子力エネルギーの解放による発電方法といふ包括的な概念をさしてをり、現存する核分裂炉の原発だけをさしてゐるのではない。核分裂炉が先に実現したのは、第二次大戦時に巨大な被害をもたらす原子爆弾の開発競争が行はれ、戦後その延長線上に同じ核分裂による発電といふ「平和利用」の構想が浮上したからだ。つまり、現存する原発がすべてだといふ前提からの「反原発」「脱原発」論は、科学技術の未来を、したがつて人類の未来を閉ざすことにしかならないのだ。

「反原発」「脱原発」を三・一一以前から唱へつゞけてきた小出裕章は、原発事故後、ある場処で「今こそ真剣に放射能の無毒化の研究に取り組まねば」と語つてゐた。これは「元素変換（核変換）」と称ばれる科学技術のことで、「放射能の無毒化」は原理的に可能であると小出は叙べてゐる。三・一一以後、この研究は東海村のＪ‐ＰＡＲＣといふ施設の一部で始められてゐる。その研究の進展によつては原発をめぐる諸問題のほとんどが解決する可能性がある。福島の帰還困難区域を救ふことにもなり、廃炉作業の速やかな進展にも寄与することになり、さらには行き場のない大量の使用済み核燃料の問題を解決してしまふ。

その研究が七十年間進まなかつたのは、まづ核兵器があつて、それに付随するものとして「平和利用」があつたからだらう。兵器からみると被害が大きいほどい丶ので、無毒化は無意味なのだ。そんな体系が冷戦終結後も逆転されることはなかつた。九一年の湾岸戦争以後に使用されてゐる放射性廃棄物を利用した劣化ウラン弾は、それを象徴するものだ。

私は右翼ではないが、わがくにの神聖な国土を汚してはならないといふ考へには完全に賛同する。猛毒の核分裂生成物の発生をそのま丶にしておいて、「原子力の平和利用」などと言ひつくろふことは、三・一一以後ゆるされまい。それは民衆を〈核兵器なき核攻撃〉の危機に恒常的にさらすことと同義だといふことをはつきりさせてしまつた。福島第一原発の剥き出しになつた使用済み核燃料プールの映像を視て、その危機を感じなかつたといふ人は病院に行つたはうがよい。昭和二十年のやうな空爆を将来のわがくにが受けないといふ保証は何処にもないのだから。

まう一つの原発である「核融合炉」は未だに実験炉さへ実現してゐない。しかしながらフランスにあるITER《イーター》（国際熱核融合実験炉）機構の本島修機構長は、二〇四〇年代には実用炉の実現は可能だと叙べてゐる（「ニュートン」一五年一月号）。

核分裂炉である原発が原爆に接続するものなら、核融合炉は水爆にあたるものだ。だが、水爆が〈きれいな原爆〉などではなく起爆剤として核分裂による原爆を必要としたのに対し、核融合炉はそれを必要としない。つまり、猛毒の核分裂生成物を発生させず、したがつて原発事故のやうなシビア・アクシデントの危険性もない。そこから発生するエネルギーは、水爆がさうであるやうに、原発をはるかに上回る。問題はそれが実現するかどうかなのだ。本島の云ふとほりなら、今世紀中には核融合発電が核分裂発電にとつて変はつてゐるはずなのだ。

次の段階への始まり

「原子力発電は危険なことだから発電は勿論、原子力研究も一切やめようという考えがあります。しかし物質の究極構造を究めていくという人間の知恵の歴史に照らしても、科学の必然、資源の必然からみても、それは無意味です。理論的に可能な限りの危険防止装置を何重にもつくれば、やってもいい。でもそれが確認できない時はやるべきではないという世界通念を成立させることが重要です。技術が進歩すれば、核分裂や、さらには核融合のエネルギーを利用するのは不可避なことです。それを前提としない「反原発」には意味がない。（略）

現在、宇宙科学、素粒子論など人間の知の発達に比べ、経済社会体制の発達は遅れていて、両者はアンバランスです。これは今の文化・文明の根本問題です。原発が安全性の合意のないままに、技術のみが先行してつくられているという現状も、ほんとうの原因はここにあります。人間の歴史は大変なところにきているのかもしれません。しかしこれは次の段階への始まりなのです。すでにその徴候が現れています。（略）」（「原子力エネルギー利用は不可避」八六年、傍点引用者）

これはチェルノブイリ原発事故直後に「婦人画報」といふ大衆誌に掲載された、短文ながら考へ抜かれた吉本の文だ。傍点を付した箇所をよく読んでみてほしい。吉本が現状の「反原発」派への痛烈な批判者ではあつても、原発推進派などではないことがわかるはずだ。

吉本は最晩年には、無造作に〈原子力＝原発（核分裂炉）〉ともとれる発言もしてゐるが、真意を見あやまることはできまい。それでも吉本は原発推進派だつたと思ひたい人は勝手にすればよい。さうすることで何がしたいのかが問題とならう。私はかつてある人の著書のなかに「原子力の廃止」の文字を読んで、首を傾げたことがある。この人とて放射線治療、放射線育種など人々に恩恵をもたらす原子力技術をも廃止すべきだとは思つてゐないはずだからだ。また地上には一定量の放射線が降りそゝいでゐるし、宇宙は放射線に充ちてゐる。「原子力の廃止」とは意味のない文字だといふほかない。

核兵器は廃止されるだらう。冷戦末期に七万発ほどもあつた核兵器は、現在二万発弱にまで減少してゐる。ミサイル防衛システムの発達によつて、敵国に発射することが自滅のみを意味する可能性をもつことになり、核兵器をもつことが無意味化してしまったためだ。それでもまだ廃絶に至らないのは、削減に費用がかゝることと、理論とはべつに自滅覚悟で発射する可能性があるとみられてゐる幾つかの小国家が核兵器を手放さないからだらう。それでも核兵器をもつことは無意味だといふことは理論的にははつきりしてしまつた。

核分裂炉による発電は廃止されるだらう。たとへば福島第一原発一号機は運転開始後四十年を迎へ、六号機までの機種も三十年を越える老朽原発だつた。原発の寿命は三十―四十年とされてをり、その延長を認めたのは、原子力行政の瞭らかな失態だ。事故後、当時の民主党政権は原則四十年の法改正をしてゐる。これが守られれば二〇三〇年頃には、現在四十八基ある原発（廃炉が決定された九基を除く）は二十基程度に減少してゐるだらう。新規着工がなければ、今世紀後半には全ての原発が廃炉へ向かふことになるはずなのだ。さうならなければ、つまり、福島原発事故の経験にもかゝはらず、核分裂炉の時代を延長させようとする政治勢力が今後も大勢を占めるならば、わがくにに未来はないと云つてよい。

そのうへで、解放された原子力エネルギーは廃絶されることなく、「次の段階」へ、足を踏み入れて行くだらう。現在がその岐路にあることは云ふまでもあるまい。

「今度、一番感じたのが、現場感覚が隔離されているということでした。福島であんなにひでえ目に遭っているのに、ここにリアルに届いてこないっていうのが不思議でしょうがない。肝心のことが届いてこないんです。隔離してしまうんですね。（略）だからお前、現場を見てみろやと言われ、実際に見ることになったら、ものすごく驚くだろうし、自分の考えが変わると思います。その隔離の大きさと言いますか、隔たりのひどさと、さっぱり実感の中に入り込んでこない、そういうもどかしさを抱えこまされたなという感じですね。この状態を適切に解明できたら、時代はひとつ進むという気がしますが、今はその尻尾のところです。」（「吉本隆明「東北」を想う」一一年四月／『飢餓陣営』36号、傍点引用者）

「次の段階へ、時代をひとつ進める」こと――遺言のやうに云はれた吉本の言葉を反芻するならば、原発推進か原発廃止か、などといふ論争は、贋の対立にしかならない、現在を停滞のなかにとゞめるものだといふことが諒解されるはずだ。

脱原発運動／民主党

三・一一以後の「脱原発運動」には、原発事故を起こしながら収束活動には逃げ腰で、誰も責任をとらうとしない〈原子力ムラ〉への抗議運動の側面がつよかつた。事故以前からあつた地震・津波対策が不充分だとする内外からの提言を、「安全神話」に鋳を入れるものだとして却下し、事故が起こると我先に逃げ出した〈原子力ムラ〉の幹部たちは、長く厳しい収束作業を現場の、多くは下請けの作業員たちにゆだねて、いま高額の退職金と年金で悠々と暮してゐるのだらう。彼らの多くは私と同じ〈団塊の世代〉に属する者たちだ。それに対する激しい抗議運動が起こらなかつたとすれば、わがくにはよほど狂つたくにだと云はれても仕方なからう。さう思つた私は重い腰を上げて、〈脱原発デモ〉に何度も出かけた。

その脱原発運動は一二年夏の大飯原発再稼働時に、六〇年安保以来の大きな盛り上がりを見せた。それは事故後一年が経過して、右に記した事の詳細がしだいに瞭らかになつてきたことにもよるだらう。また「大飯再稼働反対」のスローガンは、福島原発事故の原因究明も事故収束への明確な展望もないまゝの再稼働はみとめられないといふ前提に立つてをり、しかも大飯原発の立地する若狭湾周辺には活断層が走つてゐるのに、充分な耐震性強化のなされないまゝ再稼働することへの反対は全く納得の行くものだつた。

この運動を主宰する「首都圏反原発連合」の人たちは、原発問題以外のテーマを掲げさせない、政党・労組など組織の幟、ビラなどを認めないなどとする妥当な方針をうちだし、従来の新旧左翼の運動とは一線を劃した、見識のある人たちだと思へた。だが私の印象では同時に掲げられた「野田内閣打倒」といふスローガンは異和のつよいものだつた。私は「野田内閣の方針変更を求める」としないとをかしいではないかと思つた。
この時点で民主党政権が成立して三年近くが経つてをり、財務省寄りの野田佳彦内閣に替はつてはゐたが、そこに〈原子力ムラ〉に属する閣僚はゐなかつた。また官邸と民衆を繋ぐ役割を担ふ議員も多く、自民党とは全く異つてゐた。そのころ行はれた官邸での脱原発運動のリーダーたちと野田首相との会談は、半端なものに了つたにせよ、これまでのわがくにの政治では考へられない光景だつた。そんな情況のなかでの「野田内閣打倒」のスローガンは、総選挙を間近に控へた時期からして、官僚主導の自公政権の復活に道をひらくものでしかなかつたのだ。
「僕が思うに、鳩山由紀夫という人が、今やろうとしていることを、「そんなうまくいくか」とか言わないで、ゆっくりと静かな革命をしようとしている、と正直に捉えてあげてもいいんじゃないか、と思いますよ。それだけの能力はあると思いますし、民主党には、それだけの人材はいると思うんです。一見、革命と見えないような形でそれをやろうとしている。やり方がまずい以外には失策はないと思います。」(「ブルータス」／特集「二〇一〇年、吉本隆明が「人はなぜ?」を語る。」一〇年二月)
本書には収録されてゐないが、民主党政権発足後の吉本の率直な発言だ。当時、共感したのをおぼえてゐるが、この明治以来の官僚主権を転覆させようとする「静かな革命」は、マス・メディアと官僚・自民党の集中攻撃に抗しきれず、内部紛争のはてに自滅していつた。その自滅に手を貸したことを、脱原発運動のリーダーたちはどれほど自覚してゐるだらうか。民主党政権は少なくとも、再生可能エネルギーの固定価格買取法を成立させ、二〇三〇年代の原発フェイド・アウトを官僚との抗争のなかで決定するだけの器量をもつてゐた。

自公政権復活後、退潮する運動は「特定秘密保護法反対」「集団的自衛権反対」などへとスローガンをスライドさせ、吉本の批判する新旧左翼の勢力拡大のための道具へと変質していつたやうに見える。いつかどこかで視た光景だつた。私はあるとき首相官邸前の一角に、「原爆ゆるすまじ」を高らかに歌ふ中高年の一団を目撃して、こゝは私などの来る場処ではないと思つた。それ以前から志位和夫など社共の議員たちが、真つ先に演説を始めるやうにもなつてゐた。ソフト・スターリニズムの悪臭たゞよふ場処からは逃げ出すにしくはない。私が吉本から学んだことの一つがそれだ。

情況との対話

希望はどこにもないやうに見える。だがほんたうにさうなのか。それがもしあるとするなら、関係世界での政治的暗闘とは全く別の場処から出現してくるやうに思へる。

阪神大震災以後、「原発震災」を予言し、警鐘を鳴らしてきた地震学者の石橋克彦は、三・一一以後のある講演で、「九五年頃から日本列島は地震活動期に入つた。あと数十年間は各地で大地震が起こるだらう」と叙べてゐた。これは冒頭で引いた吉本の「日本の天候現象というのは以前と同じように考えちゃいけないんじゃないか」といふ発言と重なる。悲観的に考へる必要はない。環境世界が変化するとき、我々の関係世界もまた大きな変革を迫られ、それに伴ふ悲劇と揺り戻しをくりかへし受け容れながら、大きな転換をなしとげて行くはずだからだ。

元素変換や核融合発電が実現にまでいたつてゐないことは既述のとほりだが、一四年末に実現した水素自動車（燃料電池車）の発売開始は、大きな事件だつた。こゝではまだ水素は化石燃料から取り出されてゐるが、無尽蔵の海水から製造されることが視野に入つてをり、将来的には交通機関のみならず、大規模な水素発電による「水素社会」の形成がめざされてゐるやうだ。脱・石油、脱・核分裂発電へ向ふ文明史の流れを象徴するものだと云つてい、だらう。

吉本は一九九五年の阪神大震災・オウム事件後、それについて多くの論究と発言をなした。そのなかの一冊は『大震災・オウム後　思想の原像』（九七年）と名づけられてゐる。

「いまオウム・震災前とオウム・震災後といういい方を使うとすれば、この前と後では、世界的な大都市で一瞬のうちに防ぎようのない大量殺害（地下鉄サリン）や大量死傷（阪神大震災）を体験し、その体験の意味を反芻することから逃れることができなくなった。／これはわたしたちの政治・社会・生活への体験感覚を大きく変えた。それを自覚するかどうかが旧《ふる》いタイプの政治家・行政家・文化担当知識人・市民主義者などと、わたし（たち）の情況判断との大きな断層を走る原因線だとかんがえている。」

「オウムの地下鉄サリン事件は、それ以前と以後と劃然と分ける事件だった。これを体制を否認し、秩序に異議を申立てる過激な事件のひとつとみれば、戦後すぐの日共主導下における皇居前の広場の「米ヨコセデモ」から六〇年全学連主流派による国会包囲の反安保デモ、連合赤軍のあさま山荘の銃撃戦などのすべての過激体験を包括した意味をもっていた。」

このやうに、時代のメルクマルとなる出来事を深い衝撃をもつて受けとめ、誤解をおそれぬ率直な語り口で、じぶんの思想を更新しながら拡大することをためらはなかつた。高齢の吉本は視力を殆ど喪失し、そのために以前のやうな分厚い「時代の解剖と理念の深化」（前掲書）による考究はなされえなかつたが、それがなければ、さらに規模の大きい精緻な「情況との対話」がなされたことだらう。東日本大震災・福島原発事故はそれほどの時代を劃する断層の意味をもつからだ。

それでも本書で切れ切れに語り遺された、三・一一以後に感得された「風の変わり目」の自覚は、他の論者にはない叡智の閃きを放つてゐる。本書は『超原発論』の書名で企画が進められてゐたと聞く。それが直前になつて『「反原発」異論』に変更されたのは、吉本が使つたことのない言葉を書名にするのがためらはれたのだらう。私は『超原発論』がこの書の内容にふさはしかつたのではないかと思つてゐる。

（「ライデン」7号・15年2月）

Ⅲ　講演と日録

〔講演〕 *2011.11.6*

抒情詩を超えて

なんか夜間高校の教室のやうな雰囲気ですが（笑）、今日はアート・プレゼンス主催の第四回の「芸術会議」といふことなんですが、これが最後の会といふことになつたらしくて、ほんとに残念です。何とかつとめさせていたゞかうと思つてゐます。

これまでの会で話されたのは大学で教へてをられる方ばかりだつたと思ふんですが、私は去年まで勤め人だつた男でありまして、会社で若い人相手にレクチャーしたことは何度かあるんですが、それは全然テーマが違つてをりまして、詩の話を正面切つてするのは初めてです。ですから、うまく話せないと思ふんですが、お聞きぐるしい点はあらかじめ御容赦いたゞきたいと思ひます。

それでどんな話をしようかと思つたんですが、「抒情詩を超えて」といふテーマをかんがへてきました。その線に沿つて話してみたいと思ひます。なんで抒情詩を超えなきやいけないんだとか、詩と云へば抒情詩のことぢやないのかとか、いろんな疑問があると思ふんですが、あくまで私のかんがへといふことで聴いていたゞければと思ひます。

抒情詩を超えるためには、抒情詩とは何かといふことがわかつてゐないと超えることもできないわけです。それで二つに分けまして、Ⅰは「抒情詩とは何か」となつてゐます。時間の制約もありますので、どちらかと云ふと、むしろこちらの話が中心になるかも知れません。

Ⅰ　抒情詩とは何か

「寄物陳思」といふこと

抒情詩とは何かと云ひますと、これは「万葉集」で抒情詩が成立して以来の伝統から話しはじめるしかないわけです。そこでは「寄物陳思」といふことが中心概念として云はれてゐます。それ以外にもいろんな分類がありまして、それはどうも漢詩の分類法を日本の詩にあてはめたところからきたやうなんですが、もともと漢詩の分類法じたいが非常に曖昧で、疑問の多いものをそのまゝとりいれてゐるものですから、あまり意味のある分類とは思へないわけなんですね。それでこれは私のかんがへなんですが、全部の詩が「寄物陳思」なんだと云ふとはつきりすると思ひます。さうすると「寄物陳思」の「物」つて何かといふことになるわけで、国文学者は非常に狭い意味、つまり景物とか物体とかいふ意味を一番にかゝげるつていふ、ちよつと信じられないことがあるやうなんですが、「物」つていふのは、私たちが今でもふつうに使つてゐる「物」つていふ概念じたいが、もつと広いわけです。

それで百パーセント近くの「寄物」から0パーセント近くの「陳思」まで、あるひは0パーセント近くの「寄物」から百パーセント近くの「陳思」まで、といふふうに云へば、すべての詩は「寄物陳思」なんだつてことになります。

こゝで参考までに、最近出ました、亡くなられた大野晋さん編纂の、大野さんの遺書のやうな古語辞典――話題になつてゐますので、どこかで聞かれた方、あるひは買はれた方もゐらつしやるかも知れません――そこに劃期的な「物」にたいする定義が出てゐますので、紹介してみます。この本はそれ以外にも今までだれも云つてゐないやうな古語の定義をしてゐる本です。

「「もの」…決まり、運命、動かしがたい事実、世の中の人がそれに従い、浸る以外にはありえない自然の移り行くこと、季節。」

（『古典基礎語辞典』）

その証拠として、だれもが知つてゐるやうな「万葉集」の歌をかゝげてみます。

近江の海夕波千鳥汝が鳴けば心もしのにいにしへ思ほゆ　人麻呂

これは典型的な「寄物陳思」で、上の句で「物に寄せ」て、下の句で「思ひを陳べ」てゐる詩です。こゝでの「寄物」は自然の景物をさしてゐるともとれますが、それよりもいまの「物」の定義――「決まり、運命、動かしがたい事実……」ととれば、近江に都があつた時代への懐旧の心――それは人麻呂個人の心ではなくて、皇族、貴族から、共同体の末端にゐる人間までの共通した心、つまり「共同体感情」です――が深くとらへられるのではないでせうか。

東の野にかぎろひの立つ見えてかへり見すれば月かたぶきぬ　　人麻呂

これは叙景歌と云はれてゐるんだらうと思ひます。どこにも「陳思」がないんぢやないか、だから叙景だと。しかしこれがたんに景物を叙してゐるだけの詩であるわけがないんで、そこに自然に感歎する心があることは、だれしも感じるわけですね。ですから、0パーセント近くの「陳思」だけれども、最後に、

東の野にかぎろひの立つ見えてかへり見すれば月かたぶきぬ（あゝ）

といふ「（あゝ）」が隠されてゐるんだととれば、これも同じ概念で、つまり「寄物陳思」といふことでとらへられると思ひます。たゞこの詩には、天皇の代替りにさいしての感慨を詠んだ歌なんだといふ説があります。この詩のおかれた前後の流れからするとさうした解釈がみちびきだされるのは当然なわけですが、その解釈にたつとしても、先の大野さんの定義にしたがへば、もつと「寄物陳思」であるといふことになります。またそれとこの詩を、「聖なる自然」と同期した、規模の大きい詩であるととることは矛盾しないだらうと思ひます。

うらうらに照れる春日に雲雀上がり情《こころ》悲しも独りし思へば　　家持

これは大伴家持といふ万葉後期を代表する詩人の詩です。これも先の「夕波千鳥」と同じやうに、上の句が「寄物」、下の句が「陳思」といふかたちになつてゐます。人麻呂とどう違ふかと云ひますと、こゝでまうすでに、「共同体感情」をそのまゝ叙したものではなく、個人の悲しみ、共同体から疎外されてゐる、今で云ふと冷遇されてゐるサラリーマンとか役人が、昼休みに会社の近くを散歩してゐて思ふやうな詩になつてゐます。「情悲しも独りし思へば」――といふやうな思ひがすでに万葉後期にあらはれてゐるといふことです。

それで、次は急に近代詩になるわけですが、家持の詩と非常に似てゐるといふことで引いてみます。

桜のしたに人あまたつどひ居ぬ
なにをして遊ぶならむ。
われも桜の木の下に立ちてみたれども
わがこころはつめたくして
花びらの散りておつるにも涙こぼるるのみ。
いとほしや
いま春の日のまひるどき
あながちに悲しきものをみつめたる我にしもあらぬを。

朔太郎「桜」

この詩は発表されたのはだいぶ後なんですが、萩原朔太郎の初期詩篇に近いもので、まだ文語で書かれてゐます。朔太郎は後期に文語に復帰するんですが、その「郷土望景詩」といふ連作詩といつしよに初期詩篇を収めた詩集『純情小曲集』を出します。これはその「愛憐詩篇」と云ふ連作のなかの一篇です。これもお花見の群衆のなかで、そこから疎外されて独り悲しんでゐる、「わがこころはつめたくして」といふ、家持の「情悲しも独りし思へば」と同型の、「寄物陳思」の典型であると思ひます。

それでこんどは急に現代に飛ぶんですが、清水昶さんの「夏のほとりで」といふ、御存知の方もゐらつしやると思ひますが、有名な詩を最初のはうだけ引いてみます。

明けるのか明けぬのか
この宵闇に
だれがいったいわたしを起こした
やさしくうねる髪を夢に垂らし
ひきしまる肢体まぶしく
胎児より無心に眠っている恋人よ
ここは暗い母胎なのかも知れぬ

清水昶「夏のほとりで」冒頭

清水さんは今年惜しくも亡くなられたばかりです。この五月三十日に心筋梗塞で七十歳でお亡くなりになりました。急死だつたので驚かれた方も多いだらうと思ひます。清水さんは、異論もあるかと思ひますが、私の言ひ方で云ひますと、「最後の抒情詩人」と称ぶにふさはしい方ぢやないかなと思つてきました。一九七〇年前後に『少年』と『朝の道』といふ、非常に言葉のかゞやいてゐる詩集を出されました。そのころ私は学生でしたが、読んで影響をうけたことがあります。――あ、地震ですか？　揺れてますよね（間）。清水さんのことを云つたとたんに地震といふのも何かあるのかも知れません（笑）。清水さんは幼少年期を戦中から昭和二十年代に過されて、その幼少年期の不幸と、七〇年前後の時代感情といふものをうまく混合して、暗喩的な手法ですぐれた詩を書かれました。

それでこれも「宵闇」であるとか、「恋人」であるとか、いろんな「物」に寄せて自分の思ひを陳べてゐる、「寄物陳思」の抒情詩と云つてい丶んぢやないかと思ひます。

「物語言語帯」のなかの抒情詩

いくつか例をあげましたが、それでは「表現構造として見た抒情詩の特徴は何か」といふことになります。まづ「作者が語つてゐる」「作者＝語り手（話者）」である、といふことが大きな特徴で、云ひかへれば「作者が作品世界に直接身を乗り出してゐる」といふことになります。

非常にわかりやすい言ひ方をしてみますと、抒情詩の中で「私は人を殺した」と書けば、その作者は殺人犯といふことにならうかと思ひます。さうはならないといふ書き方であると、それは抒情詩を超えたもの、あるひは抒情詩ではないものといふことになります。それがひとつのわかりやすい判断材料になるのではないかなと思つてゐます。

まうひとつ、入沢康夫さんが『詩の構造についての覚書』といふ本のどこかで書かれてゐたと思ふんですが、詩を引用して、よくその最後に「と誰某は歌つてゐる」とか、「と誰某は書いてゐる」とか、そこに作者名を入れますよね、「と清水昶氏は歌つてゐる」とか。それをその詩の最後の一行として入れたくてしようがないと、入沢さんは云はれてゐたと思ひます。入沢さんもやはり「抒情詩を超える」といふことをテーマにされてきた方です。つまり、「と作者は歌つてゐる」「と作者は云つてゐる」と作品の最後に入れても全く不自然にならないものが抒情詩である、といふことになるだらうと思ひます。

それで今ざつと古代から現代までみてきましたやうに、抒情詩といふものは詩の根幹でありまして、連綿とつゞいてゐるわけです。どうしてかと云ひますと、**詩の言葉は、作者の「頭」から出る言葉ではなく、「体」から出る言葉、「無意識の底をさらふ言葉」でなければ力をもたないから、**といふことにならうかと思ひます。それが非常に大きなことで、「頭」で書かれたもの――いろんな本が出てゐまして、もちろんそこにも「体」から出た言葉、無意識の言葉もたくさん入つてゐるわけですけれども、詩はとくにそれを強調しないと、詩である意味も失つてしまひますし、他のジャンルの表現があれば詩なんていらないといふことになつてしまひます。ですからそれはぜつたいに必要なことなんだといふのが私のかんがへです。

こゝから吉本隆明さんの『言語にとって美とはなにか』といふ非常に長い、大作の言語表現論、文学表現論の話に入るんですが、そのなかの第二部に「構成論」といふのがあります。これだけでも一冊の長篇評論になるやうなものです。この本は四十年以上前の本なんですが、まだ自由に使へる、読むたびにいろんなことを触発される、我々が自由に使つてゐる本だと思つてゐます。理論的な本ですので、その解釈は理論的にをかしいんぢやないかとか、いろんなことを云はれかねないわけですが、そこはあまり紛糾しないやうなかたちで取り上げてみたいと思つてゐます。

今日は司会をやつていたゞいてゐることもあつて紹介してみたいと思つたんですが、吉田裕さんが『幻想生成論』といふ、吉本隆明の三部作『言語にとって美とはなにか』『共同幻想論』『心的現象論序説』を徹底的に論じられた本を出されてゐます。今日の話のために拾ひ読みをしたんですが、なかなかよく書けてゐるなとあらためて感心しました。〔吉田氏に向って〕まう売つてないですよね（笑）。古本屋さんで買へると思ひます。

それで「構成論」にしぼつて話をしてみます。

「構成論」は文学作品の構成が「詩→物語→劇」といふやうに、時代に沿つて進化してゆくといふ記述になつてゐます。それで先の抒情詩といふのは「詩的言語帯」のなかにある言語であるといふことになります。

その後に「物語」といふものが出てきます。物語文学といふのは「竹取物語」にはじまつて「源氏物語」で非常に大きな成熟をむかへるまでに、いろんな種類の物語文学があります。それがどうしてうまれてきたかと云ひますと、「作者＝語り手（話者）」といふかたちでは表はしきれない現実といふものが認識されるやうになつた。そこで、作者は語り手をくゝり出して、語り手によつて作品世界を語らせようといふ、それが「物語的言語帯」の成立につながることになつたわけです。その経緯をといてゐる箇所を引いてみます。

「すくなくとも物語の担い手であった律令国家の知識層のうちで、現実社会での対他意識のさくそうした幻想を表現にまで抽出せずには、現実的な共同性をたもちえないという現状認識が成熟しつつあった。」
「かれらが現実の社会での微細な対他関係の個々の真実に、リアルに深く気づくようになればなるほど、それらを言語の〈仮構〉へとおしやろうとする存在の社会的契機のなかにあったということができる。」

こゝで初めて「仮構」といふ表現意識があらはれます。そこから「物語」が始まる。どうしてさういふ、作者が直接身をのり出して語るんぢやなくて、「語り手」をくゝり出して「語り手」が作品を語るといふ「仮構」が必要とされたのか、といふことをこの引用は云つてゐるわけです。簡単にまとめると、先ほども叙べましたやうに、「作者＝語り手」といふ単相な表現構造では表はしえない複雑な現実の諸関係が、表現の対象として意識されてきたからだ、といふことになります。

この段階で詩もまた変質をかうむります。「詩的言語帯」から「物語的言語帯」へと離陸せざるをえないわけですね。さうしないと、「物語」に拮抗する、それと同じ水準の表現にはならない、といふことが無意識のうちに認識されるやうになります。それが「古今集」から「新古今集」へつながることになります。
これは最後に云はうかと思つてゐたんですが、こゝで云つたはうが、この後の話をよく聴いていたゞけるんぢやないかなと思つて、引いてみます。今年の「ユリイカ」七月号の「宮沢賢治特集」に出たインタヴューでの吉本隆明さんの発言です。

「日本が中国的な考え方を部分的に借用しながら歴史を作ってきて、ようやく日本語で自分たちの見解を述べられるようになった万葉の終わりごろ、つまりもともと女流から始まった**日本の詩歌が古今と新古今の時代に迎えた変化というのは重大なものだったわけですが、いまはちょうどそれに匹敵する機会だと思います。それだけの変化に直面しているのに何も新たな考え方が出てこなかったら嘘ですよ。**そういう気持ちを失わずにやっていくしかないんですね。」

（「風の変わり目」・太字は引用者）

私はこれを吉本さんの遺言のやうに聴きました。「いまはちょうどそれに匹敵する機会」「それだけの変化に直面している」——これはもちろん今年の「3・11」以降の、今の日本の情況をふまへて云はれてゐるんだと思ひます。ですから、それがいちばんの根本にある問題——「古今と新古今の時代に迎えた変化」ぐらゐの重大な変化を、これから我々がつくつていけるか。それが問はれてゐるんだと思ひます。

それでは「古今集」から「新古今集」の時代にむかへた変化といふのは何かといふことで、代表的な詩人の作品を引いてみます。

（詞書）十七日《とをかあまりなぬか》。曇れる雲なくなりて、暁月夜、いともおもしろければ、船を出だして漕ぎ行く。このあひだに、雲の上も海の底も、同じごとくになむありける。〈略〉ある人のまたよめる、

影見れば波の底なるひさかたの空漕ぎわたるわれぞさびしき　紀貫之（「土佐日記」）

「詞書」としましたが、これはじつは「土佐日記」の地の文になります。こゝで水面といふ鏡像を媒介にして、作品世界の二重化（「空漕ぎわたるわれ」とそれを「波の底」にのぞきこむ「われ」）といふことが、奇蹟的にと云つていゝぐらゐにあざやかに行はれてゐるわけです。さういふことが「歌物語」のなかではじめて起こつたといふことですね。これは後で叙べることともかゝはつてきます。貫之といふ人は正岡子規がつまらん詩人だと云つて以来、あまり評価されないところがあつたんですが、七〇年代の初めに大岡信さんが『紀貫之』といふ本を書かれまして、再評価をなさつたわけです。そのなかでこの歌を絶賛されて、それから私の印象では有名になつたやうに思ひます。大岡さんは何と云つてゐるかと云ひますと、

「あるものを見るのに、それをじかに見るのではなく、いわば水底という「鏡」を媒介にしてそれ

を見るという逆倒的な視野構成に、貫之が強く惹かれていたらしいということである。「影見れば」の歌にあって、水は空を演じ、空は水の下を歩む。水と空は、たがいにたがいの鏡となる。すなわち、たがいにたがいの「暗喩」となっているのである。」（『紀貫之』）

こゝで「暗喩」といふ言葉を使はれてゐるわけです。それも作品全体が二重化される——部分的にこゝが暗喩だといふことではなくて、それは取り出せなくはないんですが、それよりも全体が「喩」になつてゐる——後で叙べますが、「全体喩」になつてゐるといふことが、こゝで注目されたといふことだと思ひます。

それから藤原定家の歌で代表的なものを引いてみます。

春の夜の夢のうきはしとだえして峯に別るるよこ雲の空　定家（『新古今集』）
見渡せば花ももみぢもなかりけり浦のとまやの秋のゆふぐれ　同

引くのが恥かしいほど有名な、妖艶華麗とされてきた歌ですが、よくみてみますと、「夢のうきはし」のはうは、これじたいが「源氏物語」のひとつの巻の名称なんですが、ちよつと「夢のうきはし」といふ「部分喩」だけ浮いてゐる感じがしませんか。それから「夢のうきはしとだえして」といふのと、「峯に別るるよこ雲の空」が重複してゐる、同じことを云つてゐるわけですね。ひとつは暗喩的に云つて、ひとつは実景のやうな描写です。そのへんはまだだみたいな感じがします。それが「花ももみぢもなかりけり」では、まう「全体喩」と云つてい丶、「花ももみぢもある」光景と、「花ももみぢもない」空無の光景――それは作者の心象の喩でもあるわけでせうし、「ある」風景と「ない」風景が二重化されてゐるといふ喩でもあるわけです。さういふ離れ業と云つてい丶ほど高度な喩が使はれてゐます。じつは定家のなかではこちらのはうが若いころの作品なんですが、表現史といふ観点からはこちらのはうがよほど高度であると思へます。

西行の歌ではどうでせう。

よし野山こずゑの花を見し日より心は身にもそはず成にき　　西行（「山家集」）

これはこの時代の歌であるとは信じられないほどの高度な歌です。「心は身にもそはず成にき」――「心」と「身」が離れてしまつた、心身が分離するといふ近代人のやうな体験ですね、それが花を歎ずる叙景と二重化してゐる。これもどこにも喩がないやうにみえますが、全体が喩になつてゐます。

かういふ突出した作品に象徴されますやうに、こ丶で「詩的言語帯」から飛躍して、あるひは離陸して、「物語的言語帯」との間に橋を架ける試みが行はれたといふことがわかつていたゞければと思ひます。

「部分喩」と「全体喩」

まうすでにふれてゐますが、「部分喩」と「全体喩」――これはまだだれも云つてゐない分類になると思ひます。「全体喩」は概念としては、吉本隆明さんが『マス・イメージ論』のなかの詩を扱つた二つの章で云はれてゐるんですが、それは「現在」とのかゝはりのなかでの「全体喩」といふことで、私の云ふ「部分喩」と「全体喩」といふ分け方とは違つてゐます。

それで「部分喩」の代表的な例をあげてみます。

雪のうちに春は来にけり鶯のこほれる涙今やとくらむ　藤原高子（「古今集」）

これは藤原高子といふ、「古今集」の最初のはうに一首だけ入集してゐる人の歌です。よく知られてゐますやうに、在原業平とのスキャンダラスな恋愛のあつた人です。その後も、皇后、皇太后になつたんですが、晩年にまた僧侶とのスキャンダルがありまして、皇太后の地位を剥奪されます。ですからはゞかるところがあつて一首しか入集してゐないのだらうと思ひます。

なぜ編者の貫之がこれを入れたのかとかんがへますと、「鶯のこほれる涙」といふ非常に新しい喩があるわけですね。それまでの喩とは全く違つた喩で、人麻呂に代表されるやうな、詩の言葉が「聖なる自然」と同期した次元から、言葉の次元に自然をいくらでも変形してとりこめるものとなつたことを象徴してゐます。つまり、こゝで自然と言葉の関係といふものが、決定的に変容したことをつげてゐるんだといふことになります。

吉本隆明さんが『初期歌謡論』といふ、『言語にとって美とはなにか』の後に書かれた長篇評論でこの歌に注目されてゐます。

「「うぐひすのこほれる涙」……はまったくあたらしく、〈和歌〉の成立を告げる暗喩だった。……自然の現実的な在り方よりも、表現の内的な秩序のほうが確かさと重さをもつと信じられていったからだ。」

（『初期歌謡論』）

私のかんがへでは、こゝで成立した「部分喩」――全くそれまでとは違ふ、自然と言葉の関係の変容を前提とした「部分喩」を基点として、「自然の現実的な在り方」と「表現の内的な秩序」を二重化する「全体喩」への展開が可能となつたといふやうに思ひます。

それで「喩」の本質つて一体なにか、詩ではどうして「喩」を使ふのか、といふ問題があります。修辞学では暗喩とか直喩とか寓喩とか、いろんな分け方がありますが、修辞学と詩の表現はちがひますから本質的にはあまり意味がなくて、こゝでまた吉本さんの引用になりますが、『言語にとって美とはなにか』の最初のはうに「韻律・撰択・転換・喩」っていふ、表現の基本概念を展開された章があります。そこではかう書かれてゐます。

「喩のもんだいは作家が現実世界で、現に〈社会〉と動的な関係にある自己自身を外におかれた存在とみなし、本来的な自己を奪回しようとする無意識の欲求にかられていることににている。」
（「韻律・撰択・転換・喩」・太字原文）

これは私の印象では、先に引いた「物語的言語帯」の成立の経緯、根拠を説いた箇所とよく似てゐます。「現実社会での対他意識のさくそうした幻想を表現にまで抽出せずには、現実的な共同性をたもちえないという現状認識」といふことと、「現に〈社会〉と動的な関係にある自己自身を外におかれた存在とみなし、本来的な自己を奪回しようとする無意識の欲求」といふことが重なってくるのです。

つまり、「詩的言語帯から物語的言語帯への離陸」といふことと、抒情詩における「喩」の自覚的行使は照応してゐる、パラレルになつてゐるといふことだと思ひます。そこで「物語的言語帯」のなかでの詩がうまれることになつたといふことになります。詩における「喩」の自覚的行使は、もつとも狭い意味での抒情詩、つまり「詩的言語帯における抒情詩」からの離陸を意味してゐるといふことになります。

こゝで近代詩における「全体喩」の作品の例をひとつあげてみます。

（僕は長年のあひだ、洗面器といふうつはは僕たちが顔や手を洗ふのに湯、水を入れるものとばかり思つてゐた。ところが、爪硅人《ジャワじん》たちはそれに羊《カンピン》や、魚《イカン》や、鶏や果実などを煮込んだカレー汁をなみなみとたたへて、花咲く合歓木《ねむ》の木陰でお客を待つてゐるし、その同じ洗面器にまたがつて広東《カントン》の女たちは、嫖客の目の前で不浄をきよめ、しやぼりしやぼりとさびしい音を立てて尿《いばり》をする。)

洗面器のなかの
さびしい音よ。

くれてゆく岬《タンジョン》の
雨の碇泊《とまり》。

揺れて、
傾いて、
疲れたこころに、
いつまでもはなれぬひびきよ。

人の生のつづくかぎり
耳よ。おぬしは聴くべし。

洗面器のなかの
音のさびしさを。

金子光晴「洗面器」

かういふ短い詩なんですが、本文の詩だけを読むとふつうの抒情詩のやうにみえるんですね。「くれてゆく岬《タンジョン》の／雨の碇泊《とまり》。」といふ印象的なフレーズがありますから、これは外国に行つたときの体験を云つてるんだなと、それで「洗面器のなかの／音のさびしさを」ですから、雨が洗面器にあたる音が聞こえるといふやうなことがわかるだけなんですが、「詞書」があることによつて、洗面器、それから洗面器のなかの音――それがまう二重化、三重化されてゐる。作者が日常使つてゐる洗面器といふのと、植民地アジアでの洗面器ですね、それもジャワ人と広東の女と、使い方がちがふわけですね。それを二重の像で対照させてゐますから、たえず二重、三重の像で本文の詩を読んでゆくといふことになつてゐるわけです。ですから表面上どこにも喩はないんですが、それが「全体喩」の機能をはたしてゐるといふことにならうかと思ひます。

詩の表現論をすこし離れて批評しますと、無類の愛情をもつて昭和初年代の世界史の矛盾のなかへ言葉をもちこんでゐる作品だといふことになると思ひます。それが「本来的な自己を奪回しようとする無意識の欲求」を暗示してゐることは云ふまでもありません。

これが近代の抒情詩における「全体喩」のひとつの例になります。

さういふことで「詩的言語帯」、それから「物語的言語帯」までの抒情詩について、すこしは喋れたかなと思つてゐます。

「物語から「劇」へ

まう残り時間があまりないんですが、こゝから「抒情詩を超えて」といふところに入つてゆきます。先ほどの「構成論」のつゞきになるんですが、文学作品の構成は「物語」で終りぢやなくてですね、そのつぎに来るのが「劇」であるわけです。「劇」つていふのは何かつて云ひますと、作者がくゝり出した語り手が作品を語るのが「物語」だとすると、「劇」つていふのはその語り手が複数の登場人物をくゝり出して、登場人物が作品世界を語るといふことが特徴なわけです。

「詩の表出としてもっとも高度な抒情詩では、人間の内的な世界の動きを描くことができるようになった。物語の表出では、複数の登場人物の関係と動きを語ることができるようになった。劇においては、登場人物の関係と動きは語られるのではなく、あたかも自ら語り、自ら関係することができるかのような言語の表出ができるようになったのである。」

（「構成論」・傍点原文）

「劇」と云ひますと、イコール「演劇」ととられた方もゐると思ひますが、さうではありません。「詩的言語帯」を超え、さらに「物語言語帯」を超えた、「劇的言語帯」での作品の構成をもつてゐるものを、こゝでは「劇」と云つてゐるのです。

私のかんがへでは、この段階（「劇」の成立した近世以後）で、詩は抒情詩といへども、作者＝語り手といふ単相な構造からは離脱してゆくといふことになります。

ではなぜ、この「作者―語り手―登場人物」といふ表現の構造が要請されてきたのでせうか。こゝで小説のばあひをかんがへてみませう。たとへば三島由紀夫でも吉行淳之介でも福永武彦でも誰でもいゝんですが、多くのすぐれた小説家はその初期に抒情詩を書いてゐます。その後、早々に小説に転じるわけです。なぜさうしたのでせうか。それを説明しようとすると、先ほどの、「現実社会での対他意識のさくそうした幻想を表現にまで抽出せずには、現実的な共同性をたもちえないという現状認識」といふ言葉が、また浮びあがつてきます。つまり自分をとりまく複雑な現実の諸関係といふものを、自分をふくめて表現の俎上にのぼせるためには、抒情詩では不可能だ、やはり小説でなければ、といふことになつたわけです。そこでまづ行はれたのは、「詩的言語帯」から「物語言語帯」への移行といふことです。しかしこの段階にとゞまつてゐれば、彼らは物語作家にはなれても、現代の小説家にはなれなかつたはずです。つまり、「物語」への批判意識から発する「劇的言語帯」への飛躍を、大なり小なり敢行することで現代のすぐれた小説を書くことができるやうになつたと云へるのです。

それではなぜ「物語」は批判されなければならないのでせうか。「物語」批判といふことでは、それをもつともよく、華麗なまでに展開した批評家がゐます。蓮實重彥といふ人ですが、彼はこんなことを云つてゐます。

「肌ざわりのよさによって、物語は存在を侵蝕し、それと気づかぬまにあらゆる人間を武装解除してしまう。人は物語を解読し、物語を分節化しうるものと思っている。だが現実には、物語が人間を解読し、分節化するのだ。暴力装置としての物語は、存在を解読し、分節化するその残酷な機能を発揮しながら、聞くものを物語に引き入れる。だから、あらゆる物語の愛撫は、裏切りの愛撫でしかなく、物語を聞いてしまったことは決定的な敗北なのである。」（『小説論＝批評論』）

たとへば村上春樹の長篇小説『ねじまき鳥クロニクル』を評したある批評家が、たくさんの謎が投げ出されてゐるばかりで、すこしも解決されてゐないぢやないか、これは失敗作ぢやないかと作品を全否定して話題になつたことがあります。彼は『ねじまき鳥クロニクル』といふ小説を推理小説かなにかと、つまり「物語」ととりちがへたのです。

村上さん自身がみづからの小説を「物語」と称することがありますし、また彼の小説には物語的要素がふんだんにありますから、そこは作者御本人がまう少し前へ進めるべき問題もあるわけです。つまり村上さんの小説は「物語」の侵蝕をうけることによつて、どうにかかうにか成り立つてゐるところがあつて、逆にもつと収拾がつかなくなるはうへ、つまり「劇」のはうへ伸長させれば、読者は少なくなるでせうが、もつとラディカルなものになるはずだと思ひます。それにしてもこの批評家のやうに、村上春樹の小説を「物語言語帯」にとゞまるものとして読むといふのは信じがたいことで、蓮實さんに倣つて云へば、人はよほど「物語」に愛撫され武装解除されたがり、「物語」によつて解読され分節化されたがる存在なのかとなつてしまひます。

しかし蓮實重彦は「物語」を批判しましたが、その先に来るものについては何も云つてゐません。「劇」といふことを云ひだして収拾がつかなくなつてしまふことを怖れたのだと思ひます。つまり「文学」以前の場処で精緻で華麗な言説を展開したかつたんだらうと思ひます。しかしほんたうは「劇的言語帯」にのりあげた場処、「収拾のつかない」場処こそが、「文学」の場処であるわけです。

「劇」とは何か

そこで「劇」とは何かといふことになります。近世においてはじめて成立した「劇」といふのは、近松門左衛門の世話物、あるひは心中物といふ人形浄瑠璃の作品が中心となつてゐるわけです。吉本隆明の「構成論」はこれについて驚くべきことを云つてゐます。

「物語文学の成立が、王朝の男女の関係である〈相聞〉の世界を、人間関係そのものの普遍性とみなすことによって、はじめて成立したように、劇文学は、**男女の関係の最高の社会的な矛盾である情死や密通のような悲劇的な逆説を人間関係の普遍性とみなす**ことによって、はじめて完結したことを疑うことはできない。」（太字原文）

近松の「劇」といふのは遊里、遊廓を主な舞台としてゐます。この近世における遊廓といふのは、町人社会とは全く別の論理でうごいてゐる、別世界です。そこに惹かれて町人、遊人はやつて来るわけです。この「別の論理」を北村透谷は「粋」と「俠」と称んでゐます。またこの小世界は外の現実では全く不可能だつた自由恋愛があたかも可能であるかのやうにみせる「仮構」の世界であつたわけです。しかしこの「仮構」は遊女の存在に代表されるやうに、もともと大きな社会的矛盾が昇華されたところにできた「仮構」であつて、外の町人社会の現実と肌一枚で接して、たえず破られる危機に直面してゐるわけです。近松はそこに「劇」の発生する普遍的な根拠をみたと、吉本さんは云つてゐるのです。

「物語」においては、「作者」が操る「語り手」は「仮構」世界を十全なかたちにみがきあげ、構成することに力をそゝぎます。この「仮構」が「情死や密通のような悲劇的逆説」をかまへるものであつたとしても、「仮構」は最後まで破られることがないわけです。つまり物語られてしまふわけです。

それが「劇」においては、「語り手」が「あたかも自ら語り、自ら関係することができる」登場人物をくゝり出すことによつて、この物語的な「仮構」をある意味で否定しまふ、生な現実の諸関係のもとにさらすことで破綻させてしまふのです。それが劇的表現の本質となつていつたのだと思ひます。

それで「構成論」の「劇」とは何かを論じたところから重要な箇所を三つ抜き出してみます。

「ここで劇的な世界というのは、思想としての呼び名で、かれが現実生活として体験しているものと、かれが思想として観念のうちに凝集しているものとが、分裂の感じをもたずしては、かれにとって存在しない世界という意味である。」

「近松をのぞけば、近世はそれほどの劇的表現をもっていないが、近松がもっとも力をこめて描いた世界の根本は、この男女関係の現実と観念のなかでの二律背反が、一見するとささいなこととしてあらわれるばあいでも、現実社会のなかの人間と人間との関係の普遍性をあらわしているという表現思想であった。」

「言語表現が人間の観念と現実とのあいだに、また規範と現実とのあいだに**逆立**の契機を自覚的にとらえられるまで高度になったとき、劇ははじめて完結した姿をもった。」（太字原文）

非常に抽象的なことが云はれてゐるやうにみえるんですが、こゝで云はれてゐることは、いろんなことに適用できるだらうと思ひます。

たとへば、「観念と現実とのあいだ」「規範と現実とのあいだ」の「逆立」といふことで、近年の例を思ひついたんですが、これはだれもをかしいと云はないのがふしぎなくらゐなんですが、「暴力団排除条例」といふのが全国で施行されまして、たとへば中学の同級生が暴力団員で道で会つてお茶を飲んだだけでダメとか、そんな話を聞きました。あるひは弁当屋さんがお弁当を売つただけでダメだとか、不動産屋が部屋を貸しちやダメだとか、非常にふしぎなことが起こつてるなと思ひます。暴力団の問題といふのは、非常にあくどい犯罪が蔓延するといふことがあつて、いままで以上に取り締まらなきやいけないといふことが大義名分になつてゐると思ふんですが、しかし現実には格差社会が拡がる一方の時代がつゞいてゐまして、暴力団は確実にそこから落ちこぼれた人たちの受け皿にもなつてゐるわけですね。ですから単純に撲滅すればいゝ、といふ問題ぢやないはずです。追ひつめれば追ひつめるほどあくどい犯罪がむしろ殖えるでせうし、自殺者だつてもつと殖えるでせう。

それから暴力団と癒着するのがいかんといふのであれば、いちばん癒着してゐるのは警察だと思ふんですね。私も何度か警察署に通つたことがあるんですが、手錠を嵌められた暴力団ふうの人と、警察官が冗談口をたゝきながら仲よささうに内側の廊下を歩いてゐるのを目撃しました。さういふことはどこにでもあるわけです。警察官に身を移してかんがへれば、勤務がをはると丸腰で帰宅するわけで、休日なんかに自宅の周辺を自分が取り締まつてゐる組員がうろついてるのを見かけたりすると、まうそれだけでブルつちやつて、家族を守れなくなる可能性を感じさせられるわけですから、次の日からは、やあやあとにこやかに付き合はうとなりますよね。

そんな全体の現実のシステムがあるのに、それには全く手をつけないで——政府に訊けば格差社会を解消するてだては講じてゐると云ふかも知れませんし、暴力団と警察は癒着してゐないと云ふかも知れません。そんなことをだれが信じるでせうか——それなのに暴力団だけつよく取り締まらうといふ現実があるわけです。

さらにこんなこともあります。こんな条例ができますと、企業はそれに引つかゝらないやうに防衛しようとします。そのためには何がいちばん手つ取りばやいでせうか。まうおわかりだらうと思ひますが、これはいま以上に警察官僚を天下りさせたいといふ陰の意思表示でもあるわけです。ちなみにいま問題になつてゐる東京電力は、公表されてゐるだけで三十人以上の警察官僚を天下りさせてゐます。つまり刑事告発させないための盤石の態勢を以前から布いてゐるのです。

それはひとつの例で、いくらでもあげられるんですが、「観念と現実」「規範と現実」がひつくりかへつてゐるつていふこと、「かれが現実生活として体験しているもの」と「かれが思想として観念のうちに凝集しているもの」が分裂してゐるつていふこと――つまり吉本さんの云ふ「劇的な世界」つていふのは、具体的にはさういふことで、もつと大きい例をあげてみますと、ブッシュ大統領が十年前に「ならずもの国家をぶつ潰す」みたいな勇ましい発言をしまして、アメリカの強大な軍事力をバックにして実行したわけですが、この十年といふものが、どれほど世界にひどい混乱と惨劇をもたらしたか、はかり知れないわけです。このことなども大規模なかたちでの「観念と現実」「規範と現実」のあひだの「逆立」であると云へるだらうと思ひます。

ですからさういつたことを自覚的に、全体的に表現のなかにとらへるためには、詩といへども、「劇」――「劇的言語帯」にのりあげた表現にはひらないと、とても現在の表現にはなりえないといふことを云ひたいわけです。


それでそろそろ詰めにはひらないといけないんですが、「劇的言語帯」の成立以後の詩はどうなつてゆくんだといふことです。

ひとつは、近代以後の詩は「劇的言語帯」の成立以後に属してをり、まうこの段階で狭い意味での抒情詩といふのは、それ以前のものとして問題にならない、といふことだと思ひます。

まだそれが詩だと社会的には思はれてゐるやうで、例はいくらでも挙げられるんですが、さういふものが嫌ひだといふことで詩が嫌ひになつてゐる人とか、それが好きだといふことで詩が好きだといふ方もゐらつしやるわけですけれども、たとへば震災後、日本国中の人が固唾を呑んで報道の推移をみまもつてゐるときに、金子みすゞの「こだまでせうか」といふ詩が読まれるコマーシャルがテレビで何百回となく暴力的に流れました。好きだといふ人もをられるやうなんですが、私などは肌に粟が生じるやうで、まうやめてくれと怒鳴りたくなるやうな感じでした。「こだまでせうか／い丶え、誰でも」といふのはをかしいでせう。失敗作なんぢやないでせうか。「こだまでせうか／はい、さうです」と云ふんならまだわかりますが（笑）。

「全体喩」と「劇的言語帯」のなかの詩

では「劇的言語帯」のなかの詩は、何によつて「劇」との**等価性**をかくとくできるのか。つまり、「物語言語帯」のなかの詩は、「全体喩」による作品世界の二重化によって、物語と**等価**な世界を表出した。それとおなじやうに「劇的言語帯」のなかの詩は、何かによつて「劇」と**等価**な世界を表出しなければならないわけです。それはいままで何人もの詩人がそれに挑戦してきて、いまも試行錯誤をつゞけてゐます。しかし、これが「劇的言語帯」のなかの詩だといふふうには、なかなかならないのが私たちの詩の現状だと思ひます。

その代表的な例を二つあげてみます。ひとつは北川透さんの「イエロー・マシン・ストーリー」といふ、これは今日見えてをられます宮下和夫さんの弓立社で八三年頃に出た、『魔女的機械』といふ詩集のなかにはひつてゐる詩です。

彼女は獰猛な機械である　まず、初めの一行を書いてみる。どこからこんな野良犬が迷いこんできたのか。棒で追いかけると、部屋の隅に機械がうずくまっている。めったに使わない旧式の足踏みミシンである。老女の表情で、じろっとこちらを見る。部屋のなかに生えている物にも人にも老人性鬱病が蔓延している。かつてすべてが急速に老いこみ咳込んでいった時、それに逆らって、獰猛な機械は暴走した。むきだしにした美しい肩をそびやかし、エンペラーの胸を突き出した機械。爆音をたてて疾走する兇悪なマシン。いまあのセクシーな彼女が火炎に包まれ、失速し転倒する。

北川透「イエロー・マシン・ストーリー」冒頭

これはこの後、十倍ぐらゐつゞく散文詩です。まうひとつは瀬尾育生さんの、わりあひ近年の、と云つても四、五年前ですか、「エブタイド」といふ、『アンユナイテッド・ネイションズ』といふ長篇詩集のなかの、ごくわづかな部分です。

微細な砂の一粒にもぐりこんで、きみはきみ自身を隠し、この数ヶ月を過ごす。降りしきる視線と立ち込める聴覚が、すべての呟きを政治的発言にし、すべての砂と虫を革命家にする。

私たちの階級《クラス》には言語的統御にかかわる多くのならず者がいる。存在からはじめると次々に理不尽な意識の「不良」が現われ、私にはあなたの明晰さそのものが抑圧だ、と言う。明晰なものは合意と信憑の言語だから、すべての明晰なものには不当な捨象が含まれている、とならず者は主張する。その後ろで存在の「別であること」が働いている。ならず者は「別であること」を知っているから、いつもみずから粉末になって私たちに挨拶している。

瀬尾育生「エブタイド」部分

ちよつと何を云つてゐるのかわからないと感じられるだらうと思ふんですが、わからないなりに非常に手応へのあることがこゝで云はれてゐる、といふふうに思ひます。

前の北川さんのは、「彼女」が「獰猛な機械」であり、「獰猛な機械」が「旧式の足踏みミシン」だつていふやうな二重、三重の「喩」があります。全くかけはなれたものを結びつけるといふのは、詩ではごくふつうにやることですが、それが作品の流れのなかで途中でどこかへ行つてしまひます。全くべつの流れになつたりもします。それで、また元にもどつたりもします。ですからこれは「全体喩」が**相乗**されてゐる、さうすることで「劇的言語帯」への飛躍が試みられようとしてゐるとみることができます。

瀬尾さんの詩では、これは評論に近いぢやないかと思はれた方もゐると思ふんですが、「全体喩」と評論的言語といふものが**混合**されてゐる、さういふなかで世界史の現在への抵抗体をつくりだすことが試みられてゐるんぢやないかと、私は解釈してゐます。それが「劇的言語帯」への飛躍と重なつてゐる、といふふうに云ふと一往なにか云つたことになるかなと思つてゐます。

それで最後になります。

まつすぐにものを云ふ、思ひを叙べるといふ、いはゆる擬万葉調は、近代にはひつてからも何度も甦つてきます。「戦争詩」の時代といふものがありまして、戦争期――大東亜戦争期に殆どの詩人が擬万葉調の抒情詩を、戦争讃歌として書いたわけです。それは戦争讃歌だからダメだといふよりも、そこが誤解されやすいんですが、すでに日本はかなり高度な資本主義社会であつたのに、戦争期に古代が甦つたやうな錯覚に多くは陥つてしまつた。そんなまちがつた「仮構」のもとで詩が量産された時代があります。その「仮構」の破れのなかから戦後の詩はスタートしたわけですが、さういふことつていふのは戦後も「原爆反対」とか「湾岸戦争反対」みたいな詩集が出たり、何回も甦つてくるわけです。とりわけ危機の時代に甦つてきます。さういつたときに区別して対応する必要があると思ひます。

どうして私がそれを否定的に云ふのかと云ひますと、そのときに現はれた「共同体感情」といふものをそのまゝ肯定するのであれば「文学」なんていふものはいらない。その「共同体感情」を疑つたり、つくりなほしたり、揺さぶりをかけたり、新しいものに変革する、それが詩の役割なんだといふところから見ますと、「共同体感情」を自明の前提とする抒情詩といふものは、私の立場からすると肯定できないといふことになります。

それはいかにも、作者の「体」から出る言葉にみえるわけですけれども、それはさういふふうに装つてゐるだけだけではないかと。そこを注意ぶかく見る必要があると思ひます。

ですから、近代以後の詩は、社会の諸矛盾、世界史の諸矛盾と、言語としてたゝかふことを宿命づけられてをり、そのためには、「劇的言語帯」のなかでの「仮構」へ向つて飛躍をくりかへすことと、作者の「体」から出る言葉、「無意識の底をさらふ言葉」をもとめることを、同時に敢行しなければ、同時代の詩とは云へない。これを今日の結びの言葉としたいと思ひます。御清聴有難うございました。（会場拍手）

〔この稿は二〇一一年十一月六日、東京・駒込地域文化創造館で行はれた「アート・プレゼンス」主催の「芸術会議」での講演をもとに、大幅に加筆、修正したものです。〕

（「ライデン」1号・12年1月）

微茫録　二〇一一

〔三年前に「微茫録　二〇〇八」といふ記録を発表したことがあつた。多くのことがあつたからだが、二〇一一年はさらに大きな出来事があり、激動の年となつた。充分に対応できたとはとても云へないけれども、何らかの考察がはひつた通信を中心に、私の一年を記しておきたい。〕

【一月】一日、知人に賀状を出す。今年の三ツ物は、

「冬ざれて健脚の人つひに乗る車椅子
　　氏神詣での道も速か
　仕掛けある舞台の事も忘れはて」

一周忌を迎へたばかりの亡父の記憶を詠み込んだつもり。その後、帰阪。

四日、安田有、寺田操、日下部正哉の各氏と昨年末「coto」を終刊した安田氏の慰労会を兼ねての新年会。梅田「かに道楽」にて。

五日、帰京。《昨夜はあれから新阪急ホテルで二時過ぎまで三人で四方山話の続き。朝起きてか

らも話の続きといふしだいでした。操さんをはじめ、遠慮なく話のできる朋友といふのは有難いものです。（略）小説と戯曲に挑戦されてゐるとか。すごいですね。楽しみにしてをります。頂いた賀状の句、「粧ひてこぼれる青や初手水」なかなかいゝですね。最近の句会に出した拙句に、「窓は赤、ト音記号に炬燵猫」といふのがありますが、どうでせうか。》（寺田操さん宛メール）

十三日、渋谷・渋東シネタワーで「ノルウェイの森」を観る。凡庸な映画。原作をぶち壊しにしてゐる。

十四日、《四日の会はお疲れさまでした。長時間話ができてよかつたと思つてゐます。まう帰京されてゐることと思ひます。今度出す予定の評論集に書きかけの高村光太郎小論を入れようと思つて、焦つて進めてゐるんですが、なかなか思ふやうに行きません。吉本隆明の『高村光太郎』は影響力大の本なのに（あるひはそれゆゑに）、ほとんどまともに論じられてこなかつたのではないでせうか。いま読んでみると大きな異和感があり、世界史の構造転換といふことに、全く対応できてゐない「敗戦ショック」の産物といふしかないやうに思ひます。しかしそれをどう書けばいゝのか。（略）》（日下部正哉宛メール）

二十一日、《〔いくつかの草稿を〕読んでもらつたうへに感想をいたゞき、有難うございます。大変参考になりました。未発表のものが、あれを含めていくつかあるんですが、やはり公表したものとは書き方がちがふやうで、書き直すのも大変なので、評論集に入れるのはやめようかなと思つてゐたところでした。まう一度考へてみます。

それと九〇年前後のものをどれぐらゐ入れるかでも迷つてゐます。まう柱になるものはできてゐるんですが。
北川さんへの批判は、立中潤のことでもあるので、出したほうがいゝとは思ふんですが、北川さんへの敬意が根柢にあることを、あの書き方ではあらはしにくいのです。『窯変論』については短評を書きましたが、今度の『わがブーメラン乱帰線』も、すぐれた詩集です。たゞ、その後の連作詩が「現代詩手帖」連載で完結しましたが、これは菅谷規矩雄、松下昇（との関係）が下敷きになつてゐるのに、どうも「はぐらかし」に終はつてるんぢやないか、と＊＊さんと会つたときの話題に出て、意見が一致したところです。詩集になつてみないとわかりませんが。いづれにせよ七十五歳にして爆発的に書かれるといふのは希有の光景ではあります。（略）》（日下部正哉氏宛メール）

三十日、《昨日、高橋（秀明）さんから同人誌の件で問合せがあり、以下のやうな返信をしたゝめました。

「賀状で中途半端にふれながら、その後連絡が遅れてゐました。申し訳ありません。同人誌、かなり本気で考へてゐます。まう最後の試みになるだらうと思つてゐます。どうか参加してください。以下、いま考へてゐる概要を記します。

☆狭い意味での同人誌とする。
☆年二回刊（一月、七月）。
☆同人は、①詩（虚構作品）、②批評（エッセイ等の散文も含む）、③書評のうち、最低二つを提出する。
☆創刊号（0号）は同人の原稿のみで構成する。五月末〆切、七月刊。
☆一号より、各同人が一人に寄稿（インタヴュー、対談等を含む）を依頼し、執筆者六名の構成となる。

☆十年二十冊を出して解散する。
日下部氏とは、高橋さんを同人に誘ひたいといふことでも合意してゐます。同意してくだされば同人三名といふことになります。それ以上増やすつもりは、今のところありません。
以上の件で、御意見等、お聞かせください。（略）
私は現在、はじめて公刊する評論集を出さうとして、試行錯誤してゐる最中です。
思想的にはつきりしないことを少しでもはつきりさせる、それから芸術言語としての詩をもつと追求する、今度の同人誌でやりたいことも、これに尽きるやうな気がします。
命があと十年もつのかどうかわからない年齢になりました。なかなかお会ひできないんですが、上京された折には遠慮なく連絡くださるやうお願ひします。」
貴兄と話し合つてきたことが基本となつてゐるはずですが、まう少し具体的なことも、そのとき考へて記してゐます。いま、高橋さんからの返信待ちの状態です。御意見あればお聞かせください。
こゝでは誌名候補について記し忘れてゐますが、私の考へてゐる誌名は、
ＬＥＩＤＥＮ　または　雷電
です。（略）》（日下部正哉氏宛メール）
同日、《「狭い意味での同人誌」といふのは、いはゆる寄稿誌ではなく、完全同人制といふ意味です。そのはうがはつきりしてゐて動きやすいし、相互影響も生じやすいと思ふからです。私としては自由に書ける場処を定期的に確保したいといふことが第一で、さういふ場処を共有していたゞければといふことです。

費用の件ですが、これは原稿量（ページ数）によつて変はつてくるので、同人を増やせば負担が減るわけではないと思ひます。安く作れる方法がないか、もつと考へてみます。といふより七月堂と相談してみます。

メールを使つての座談会等は、いろいろできるだらうと思つてゐます。たゞ合評会といふのは内閉的になりがちなので、もつと広いテーマのはうがい丶やうな気がします。たとへば北川透さんの新著が出れば、それについてメール座談会をして、それを公開するといつたやうなことです。私がいま考へてゐるのは瀬尾育生さんへのメール・インタヴューで、高橋さんにも参加してもらつたはうがい丶かも知れません。》（高橋秀明氏宛メール）

【二月】三日、三菱一号館「カンディンスキーと青騎士展」へ。
四日、《同人誌の概要、あれでよいとのこと、ひとまづ安心しましたが、まだ詰められてゐないこともあるかと思ひます。なにか思ひつかれたら遠慮なく。高橋さんからの返信ですが、問合せがあり、それに返信しました。その返信待ちといふところです。完全な同人制といふことと、費用の面で、ちよつと考へてをられるんぢやないでせうか。》（日下部正哉氏宛メール）
八日、《先日の草稿、やうやく大幅に加筆しました。「コラムの思想Ⅱ」といふ章に入れるつもりでゐます。少しはよくなつたでせうか。
立中（潤）の遺稿を久しぶりに読み返したりしました。
「高村光太郎抄論」は今回はほんの序論のつもりでまとめることにしました。ほんたうは戦争期、戦後期のことを書きたくて資料も蒐めてゐまして、今度の同人誌で連載できればと思つてゐます。迷惑かも知れませんが、他のコラムも含めて添付してみます。読んでいたゞければ幸ひです。

高橋さんからはその後、一週間以上経つて返信がありません。同人になるといふことで悩まれてゐるのかも知れません。同人ではなく、時々寄稿するという立場なら気楽に受けてもらへるんでせうが。もう少し待つてみようと思つてゐます。》（日下部正哉氏宛メール）

十日、《貴重な本はやつぱり老後の楽しみにとつておきたいので、（お送りするのは）どうでもいゝ本ばかりになつてしまひます。「次々と問題を抱えることとなり」とあるのが気になりました。内容がわかりませんが。私のはうは懸案の評論集、まう一息でまとまるところまで来てゐるのですが、まだ入れるか入れないかで迷つてゐる文章があつたりしてゐます。今年になつてからはほとんど誰にも会はず、沈思黙考中といつたところです。》（安田有氏宛メール）

十四日、《堀川正美さんの近況で、ちよつと驚くべきことがわかりました。氏は近年、といつても八〇年代から、主にゾウムシの研究をされてをり、神奈川昆虫談話会、日本鞘翅目学会に所属されてゐて、未見ですが、「月刊むし」などに調査報告を発表されてゐるとのこと。さらに「ホリカワアシブトゾウムシ」という自身の名を冠したゾウムシまであるさうです。この名前で検索すると、氏の近影まで見ることができます。かういふことがあるんですねえ。お知らせまで。》（吉田裕氏宛メール）

同日、《同人誌の件では、おさわがせしてしまつて申し訳ありません。ちよつと強引なお誘ひになつてしまつたかも知れません。

昨日、日下部氏に以下のやうなメールを送りました。

「その後、高橋さんからは連絡がありません。それで、同人になつてもらふ件はあきらめて、ときどき寄稿してもらふ立場で関はつてくれませんかと連絡するつもりです。とりあへず十一月〆切の1号（創刊0号の次）に力作（招待作品）を書いて下さいと。同人は二人になりますが、僕のはうはそれでもいゝと思つてゐます。いかゞでせうか？」

すると次のやうな返信がありました。

「高橋さんはまだ迷っておられるのではないでしょうか。参加するための個人的な条件をいろいろ模索されているのかもしれません。参加する意志がなければ、築山さんにすでにその旨の意思表示をされているのではないかと思えるのですが…。

ともあれ、高橋さんが不参加だとして、同人二人でもスタートという築山さんの意向に僕も異存ありません。まず船出するのが第一義だと考えます。そのあと高橋さんも含めて、誌面を充実させるために他の書き手に参加してもらう手立ては諸々あるのではないかと思います。」

といふやうな状況なのです。お時間のある折に御連絡いたゞければ幸ひです。》（高橋秀明氏宛メール）

十六日、《急がせてしまつたやうで申し訳ありません。高橋さんの状況がよくわかつたやうに思ひます。（略）

「イリプス 2nd」の同人になられるとのこと、同人制とは知りませんでしたが、劉燕子さんの貴重な連載があつたりして注目してゐました。高橋さんが入られたらもつと良くなるんぢやないでせう

か。大いに楽しみにしてをります。》（高橋秀明氏宛メール）

十九日、評論集の入力作業いちわう了る。

二十日、《「ライデン」の件、だいぶ進んできたやうに思ひます。例によつて以下に貼り付けておきます。

高橋氏「メール拝読。お手数を掛け、おつかれさまでした。ぜひ参加させてもらえたらと思います。完全レイアウトというのが、どういう作業になるのか、そのへんのことがもう少し詳しくわかれば、僕でも手伝える部分ができるかもしれません。（略）

築山さん、日下部さんといっしょに同人誌をやっていけるなら、嬉しい限りです。（略）」（十九日）

築山「早速の返信有難うございました。これで見通しが立つたやうに思つてゐます。何とか力のこもつた原稿を書いて、い丶雑誌にして行かうと思つてゐます。七月堂の知念（明子）さん（昨年亡くなられた木村栄治さんの元奥さんで、現社主です）にも、これが私めの最後の戦ひであるぞよ、と脅して（?）おきました（ゲラゲラ笑はれましたが）。

創刊号（0号）の〆切は五月末としましたが、それでい丶でせうか? それ以後がよろしければ変更は可能です。（略）〆切が近づけば、こちらからも問合せする機会が多くあると思つてゐます。それではとりあへず。」（二十日）

高橋氏「了解しました。五月末までに、作品とエッセイ（短い情況論的書評を毎号単発でするか、連載をするかは今検討してます。）を用意します。なにか、三人の共通の申し合わせ事項（理念的なものでも、規範的な約束事項でも）についてご提案等あれば、お示し頂けたらと思います。」（二十日）

以上が昨日と今日のやりとりです。なにか思ひついたことがありましたらお知らせ下さい。》（日下部正哉氏宛メール）

二十六日、評論集『詩的クロノス』の推敲了。

【三月】 **一日**、新宿・バルト9で映画「太平洋の奇跡」。

十一日、午後、二時四十分頃より**東北・関東大地震**。

《今日は近場の図書館で仕事してゐまして、本が崩れてきました。といつても大したことなく、帰宅できました。電車が停まつて帰宅できず困つてゐる人が多いやうです。（略）広域で時間の長い、大きな地震でしたね。東北で被害が拡がつてゐるやうで、今後、どうなりますか。》（高橋秀明氏宛メール）

夜七時、原子力緊急事態宣言が発令される。

十二日、**福島原発事故**。津波と地震による全交流電源喪失のために、一号機から四号機が冷却不能に陥る。一号機水素爆発。未曾有の危機の時間が始まる。

《メールを頂いた直後、巨大地震で大変なことになりましたね。一日半経つた今も、まだ被害の全容がわかつてをらず、余震もつゞいてゐるやうです。

福島の原発事故もこれからどう処理できるのか、注視するほかありません。矢野さんは大丈夫でしたか。宮崎には帰られたのでせうか。》（矢野静明氏宛メール）

十四日、三号機水素爆発。

《「ポエトリー・エッジング」、今日とゞきました。ちよつとほつとした気分になりました。ありがたうございました。まつさらなグラウンド・ゼロがいくつもできて、さらに原発の炉心溶融……。こちらもだいぶ揺れて、余震が収まらないこともあるのですが、打ちのめされた気分でゐました。こんどのことが、いづれ、い、方向に行くきつかけになつた、といふことになればい、のですが。》（寺田操さん宛メール）

十五日、四号機水素爆発。

十九日、《（略）大震災・大津波だけでももの凄い災害（おそらく二万人以上の死者）になつてゐるのに、さらに原発事故。一進なのか一退なのかわからない状況で、不安をかきたてられてゐます。専門家の知恵と現場作業員の細心の行動が事態を改善する方向に行けばい、のですが。》（高橋秀明氏宛メール）

二十日、《（紹介していたゞいた）武田邦彦といふ人のブログ、見てみましたが、私はあまり評価できませんでした。政府と専門家が寄つてたかつて住民をだましてゐるといふ論調のやうですが、だましとほせるものではない事件で、それはないだらうといふのが一つです。放射線量の計算にしても、単純計算にすぎるのではないでせうか。

今日配信の「産経ニュース」のサイトで、福島県に招聘された長崎大の山下俊一の話が出てゐます。こちらのはうが信頼できるやうな気がします。以下に貼り付けておきます。

たゞこれは現段階での話で、原発の状況が悪化すれば変はつてきます。その意味でも昨日の東京消防庁の隊員の注水活動は見事でした。電源復旧に取り組んでいる日立と東芝の作業員もさうです。

事態はやゝ好転してきたやうにみえますが、どうなのでせうか。

〔「健康不安なし」「三十キロより外、避難不要」福島県アドバイザー教授　2011.3.20 15:07

（福島県が放射線健康リスク管理アドバイザーとして招聘した、長崎大の山下俊一教授の話）

長崎原爆のほか、旧ソ連のチェルノブイリの被爆者医療に二十年携わってきた。その経験から、今回の事故による健康被害は、あまり心配していない。

避難対象を現場から半径二十キロ以内、さらに三十キロ以内を屋内待機とした国の判断は妥当だった。今後もさらに範囲を拡大する必要はない。このため、福島市からの避難を考えたり、首都圏に住む方が西日本に逃げるような行為は無意味だ。

なぜなら、テレビでおなじみになった「マイクロシーベルト」とか「ミリシーベルト」という単位の大気中の放射線量が、体内に取り込まれるのは、その数値の十分の一にすぎない。

一時、原発から六十キロ離れた福島市で、県内で高水準の「毎時二十マイクロシーベルト」の観測が続いたが、放射能は気象条件や気流に影響して飛ぶ。このケースで一時間外にいると、二マイクロシーベルトが体に入る。仮に一ヵ月間、外に居続けても、一〜二ミリシーベルトしか蓄積されない。

甲状腺への影響を和らげるため「安定ヨウ素剤」を配布する基準は、「毎時五十ミリシーベルト」（同五万マイクロシーベルト）に達したときだ。現状とはほど遠い。水道水や葉もの野菜からの検出値も、科学的に見れば、甲状腺に悪影響を及ぼさない。冷静に対応してほしい。」〕》（高橋秀明氏宛メール）

――この三月二十日時点のメールには、ぜひとも註釈が必要だ。

この後、私が引いた山下俊一氏は一部の原発事故被災者などからの激しい批判にさらされることになる。年間百ミリシーベルト以下のいはゆる低線量被曝の問題がクローズアップされるなかで、福島の低線量地域に住む人々にとつて、避難すべき基準は何かといふことが、何よりも切実なこととなつてゐた。現地の医大などの専門家の間でも意見が割れてゐた。そこへ県から委嘱されて長崎大から乗り込み、福島各地でアドバイザーとしての活動を行なつた山下氏は、大きな決断をしたやうに思へる。それは低線量地域での健康被害は生じず、避難は不要だといふこと、安心して暮しなさい、と説いて廻ることだつた。

なぜこれが大きな決断だつたかと云へば、健康被害に関して有意なデータがあるのは年間百ミリシーベルトを超える値からであり、それ以下についてははつきりしてゐないからである。はつきりしてゐないといふことは、ごく僅かのリスクしかないといふことだ（ちなみに山下氏と同様の見解をもつ放射線学者中川恵一氏は、受動喫煙のリスクは低線量被曝をはるかに上回ると説いてゐる。その受動喫煙によつて瞭らかな健康被害をかうむつた人など一人もゐないのではないだらうか）。

それを安全だと断言することで、山下氏は何をしようとしたのか。人々の不安をしづめ、ふるさとでの生活を護らせようとしたのだ。たゞし、山下氏が発言を始めたのは三月二十日からであつて、原発の状況は予断をゆるさず、状況によつては一転して整然とした避難を呼びかけることも、視野にはひつてゐたことだらう。幸ひにしてその後、原発の状況は安定（収束ではない）に向ひ、放射線量は漸減して行く。

この山下氏の発言によつて、多くの人々が福島にとゞまることを決意することとなつたやうだ。八月に私の訪れた福島市でも子供がマスクも付けず外で遊んでゐる姿があちこちで見られた。むろん継続的な健康調査が必要であり、山下氏はそのプロジェクトの先頭に立つてゐるやうだ。いづれにせよ、放射能を過度に恐れることによつて地域共同体を壊し、元も子もなくしてしまふことが最も避けなければならないことであり、福島市、郡山市、いわき市などに居住する人々がその道を択ばなかつたことは、事後の復興にとつてひとすぢの光明を与へてゐるやうに思へる。

福島の問題は複合的であり、右にふれたのはそのごく一部にすぎない。もつとも深刻なのは、原発周辺の帰還困難区域とされた地域に住む人々が、離散したまゝ共同体を再建するめどが立たないことだらう。こゝではふれられないが、大規模な除染事業の拡大と、この人々に対する充分な補償が何よりも優先されるべきなのは云ふまでもあるまい。

山下氏を非難するのは勝手である。しかし非難を覚悟で身を挺した氏は、数千人程度ゐると云はれる放射線科学者の多くがダンマリをきめこむなかで、あるひは及び腰で確言もできない低線量被曝の危険を訴へるなかで、未曾有の危機にさいしてのはつきりとした提言を行なつたといふだけでも真の知識人・専門家の名にあたひする人だと、私は思ふ。

二十二日、羽田空港へ。東京へ日帰り出張の高橋秀明氏と空港レストランで会ふ。日下部氏同席。同人詩誌「ライデン」の準備の件など。

二十四日、評論集の再構成了る。

二十五日、書肆山田・鈴木一民氏宛に評論集のプリントを送る。

《大きな事件がありました。御無事だつたでせうか。

突然、原稿をお送りする無礼をおゆるしください。書肆山田での出版を検討していたゞきたいのです。同封のものがその原稿です。この三ヶ月ほどで集中してまとめたものです。「附記」にも記しましたが、これが私の初めての評論集になります。

私としましては、ずゐぶん思ひ切つたことを書いたつもりでをります。出版する価値はあるやうに思つてをりますが、書肆山田の出版物にふさはしいかどうか、検討していたゞきたく存じます。もし出していたゞけるなら大変光栄に存じます。（略）》

二十八日、《花見句会でもやらうかと思つてゐたのが、それどころではなくなつてしまひましたね。日下部氏に会つたところ、棚からスピーカーが落ちてきてコブができ、血が出たと云つてゐました。こちらは何とか息災でした。そちらは無事でしたか。

原発の状況、一進一退だつたのが、二退、三退になつて、どうしてい丶か、だれもわからない状況になつてしまつた。これから叡智をあつめて、なんとかのりこえられるんでせうか。

放射能にじわじわ締めつけられるやうで、また余震もいつかうにをさまらず、疲れますね。故郷は大丈夫だつたんですか。》（阿部哲王氏宛メール）

三十日、《やはり御両親の介護で大変なやうですね。こちらもストレスがたまる毎日でまゐつてゐます。句会は五月か六月にできればよいのですが、いまの「戦時」が「平時」に少しでもかたむけば、といふところでせうか。

津波にさらはれた三万人超の悲惨な死者が出ました。自粛するのもどうかと思ひますが、むりに何かをすることもないやうに思つてゐます。——「三万人超の死者」としてゐるのは、この時点での多くの行方不明者を含めたため。その後生存が確認された不明者も多く、最終的には一万八千人超となつた。それにしても阪神大震災の約三倍にあたり、戦後最大の自然災害である。途轍もなく大きいそのことの意味を、もつと考へなくてはならない。》（阿部哲王氏宛メール）

三十一日、《木田金次郎の絵を教へていたゞいて有難うございます。なかなか荒削りな迫力のある魅力的な絵のやうですね。いつか木田美術館に行つてみたいと思ひます。あれから『歌の影』巻末の「詩とは何か」をひらき、そこにしるされた固有名をすつかり失念してゐたことに気づきました。「雷電海岸」「雷電温泉」といふ印象的な名称をどうして忘れてしまつたのか。有島（武郎）作品も「生まれ出づる悩み」は読んだ記憶がなく、読んでみたいと思つてゐます。》（高橋秀明氏宛メール）

【四月】一日、《結論としては、それぞれがそれぞれの判断で動けばいゝ、といふことだと思つてゐます。桜を愛でて、友と歓談するといふのを自粛することはないと思ひます。石原都知事がそんなことを云つたらしいが、全く余計なお世話ですね。テキ屋さんのことを考へたことがあるんでせうか。たゞ今回は部外者まで巻き込まない方がいゝと思ふので、参加は遠慮しておきます。（略）ちよつと感想。「戦時」といふと、第二次大戦を聯想するのは、感覚がちがふんぢやないでせうか。今日の読売朝刊でも、宮崎駿が「天井桟敷の人々」を例に挙げてゐて、同じやうなことを云つてゐるなと笑つてしまひました。「この時期だからこそ芸術に邁進する」つて、そんなこと黙々とやつてゐればいゝので、力説するほどのことぢやないぢやないの。プロ野球開幕延期の是非でも、ナベツネさんは終戦後すぐプロ野球を始めたことを持ち出してゐましたよね。それに対して阪神の新井（貴浩）選手会長は一歩も譲らず、パと同じ四月十二日までの延期を主張して、じつに立派でした。ナベツネさんは宮城球場が損壊し地元のファンの多くが被災した楽天イーグルスのことなど、何も考へてゐないんぢやないの。

情況は刻一刻と変はつてゆきます。それが僕の云ふ「戦時」の意味で、あくまで比喩です。大きな余震もやつとなくなつたやうです。と書かうとしたら、いま秋田で震度五弱だつて。あちや。

しかし、高橋秀明さんに教へてもらつた武田邦彦の悲観的だつたブログには、三十日夜付けで、「福島原発が破滅的状態になる可能性は非常に少なくなりました」とあり、また、今日の「毎日」朝刊でも化学者の小宮山宏が「大惨事は回避されました」と断言してゐました。専門家のかういふ発言をみたのは、原発事故後、今日が初めてのことです。閣僚が今日から平服に着替へたのも、専門家のかうした判断が出たからだらうと思ひます。安心する段階ではないし、長期戦になるのは当然ですが。

「五月七日（土）あたりはどうですか」と云ふ気になつたのも、かうした情況を踏まへてのことです。句会はたんなる親睦の花見とはちよつとちがひますから、三月に予定されてゐたとしたら、中止せざるをえなかつただらうと思ひます。一体どんな俳句をつくればいゝのか、といふことになつてしまひますから。参加する人もほとんどゐなかつたのではないでせうか。》（阿部哲王氏宛メール）

二日、横浜・赤レンガ倉庫「アフリカン・フェスタ」へ。今回は震災へのチャリティーを兼ねてゐる。小林到氏と会ふ。

三日、《ちよつと考へたんですが、どうせ日曜といふことなら、五月十五日か二十二日にしませんか。この頃ちやうど立中潤の三十七回忌（！）にあたります。何とか忌といふのはどうも、と前に云つてゐたやうな気もしますが、拙詩集『悪い神』にも、「三島忌や珈琲茶碗の罅蒼し」とか「本売りて凌ぐ日もあり桜桃忌」といふのがあるやうに、忌の内容によつては詠みやすいものもあります。季語三題のうちに「立中忌」（?）を入れても「悪華句会」ならではの趣向で面白いかなと。皆さんにさしあげる案内状のイメージも浮んできました。》（阿部哲王氏宛メール）

十日、《書評（『ドゥルーズ・千の文学』）拝読しました。「ドゥルーズを一歩離れると、現実の中でわれわれが眼にする思考の大勢は、ざらざらとした現実との接触を避け、むしろすべらかな現実への恭順を求めているように見える。そして、裂け目から発生する差異どころか、どんな溝をも隙間なく埋め込んで平坦化し、効率的な思考と現実との産学共同化を推し進めているようにも見えるのである。ドゥルーズの思考については繰り返し精緻に語られるが、ドゥルーズの思考が息づき、また息づかせる場所は一体この国のどこにあるのだろう。」全くそのとほりだと思ひました。僕は読んでゐませんが、現実を生きてゐる読者のはうではなく、業界のはうを向いてゐる、あるひは大学での業績づくりのやうな本が、近年増えてきたやうに思ひます。この本もさういつた傾向があるといふことでせうか。》（矢野静明氏宛メール）

十三日、竹橋・近代美術館「岡本太郎展」へ。岡本の戦後初期の作品は素晴しい。「夜」（四七年）、

「雷撃」（四七年／発見されたのは〇六年）など。

十四日、「悪華句会」案内状を諸氏に送る。

《大きな事件がありました。皆さん御無事だつたでせうか。三月十一日の震災に遭ひ津波に攫はれた死者・行方不明者の数が、宮城、岩手、福島を中心に日を追ふごとにふくらんで行き、二万八千人を越えてしまひました。更に福島第一原発の大きな放射能洩れ事故。一時はどうなることかと、打ちのめされた思ひでをられた方も多いのではないでせうか。

一箇月が経ちました。復興までには長いみちのりがあり、余震も一向にをさまるけはひを見せません。とは云へ、幾多の困難を乗り越えてきた日本人は、こんなことでへこたれたりはしないと、やつと少しは思へるやうになりました。また、情報の言葉が夥しくとびかふなかから、本質的な言葉は遅れてやつて来ます。今回の東日本大震災・大津波・原発事故は、大きな文明史的事件としての波紋を、これから拡げて行くだらうと思ひます。

さて、第四回の「悪華句会」です。

昨年末の句会が遠い昔のやうにも感じられ、まだまだ「平時」に戻るのはむつかしい時期ではありますが、心機一転の意味をこめて開催したいと存じます。また、この五月十九日は、故・立中潤の三十七回忌にあたる命日となります。次は五十回忌ですから、これが実質的には最後の年忌と云つてい丶でせう。感慨のおありになる方もゐらつしやるかと思ひます。そこで悪華句会ならではの趣向として、兼題に「立中忌」をくはへたいと存じます。》

十四日、《「coto」は終刊しましたが、また懲りずに同人誌を、今度は違ふ形で始める予定でをります。まう最後の戦ひにならうかと思つてゐます。ちやうど東日本大震災・大津波・原発事故が起こり、これと「書くこと」をどうか、はらせるか、といふのも、大きな難問としてのしか、ることになります。》（居上紗笈さん宛メール）

二十二日、新国立美術館「シュールレアリスム展」へ。

《今日は時間があつたので、新国立美術館の「シュールレアリスム展」を見てきました。ポンピドゥーのものですが、マッソンの作品がたくさんあり、とくに晩年のものがよかつたです。なかなか充実してゐましたよ。（略）Bさん（共通の知人の若いフランス人男性）が、いま帰国を懇願する御両親と、日本の恋人との間で、また日本での職を失ひたくないといふことで、悩んでゐるんださうです。原発の問題で、特にフランス、ドイツでは、実に危機的な報道がなされてゐるさうですね。その影響だらうと思ひます。日本政府発表の放射能値など全く信用できない、といつたことでせうか。彼らはチェルノブイリを体験してゐますからね。》（吉田裕氏宛メール）

二十六日、《（略）評論集は『詩的クロノス』といふ題で、これまでに書いた千枚ほどのなかから、時期はづれになつてしまつた状況論などを殆どはづして、七百枚ほどで構成しました。最後まで迷つたのが吉田さんとの例の往復書簡でしたが、結局はづしたはうが、すつきりした本になるだらうと思ひました。吉田さんの書簡のはうは既に刊行されてゐるといふ事情もあり、それでも構はないだらうと、近々その旨をお知らせするつもりでをりました。

結局、詩と詩人（文学者）について論じたものが中心になつたのですが、けつかう戦闘的な本になつたんぢやないかと思つてゐます。本になつて読んでいたゞけるのを楽しみにしてをります。》（吉

田裕氏宛メール）

二十九日、巣鴨でアート・プレゼンスの会。その後、雑司ヶ谷。書肆山田・鈴木一民氏と評論集の件で打合せ。吉田裕氏同席。

三十日、神保町へ。東京堂での瀬尾育生氏講演会（「純粋言語論」）を聴講。

【五月】一日、《昨日はお疲れさまでした。瀬尾さんは端整な講演のできる方なのに、あのやうな八方破れの、参加者を最初から巻き込んだ流れにされて、面白いなと思ひました。震災以後の心境の反映ではないでせうか。

＊＊誌の依頼を断られたとのことですが、震災以後たくさんのメール交換をなさつたとか、内容を知りたく思ひますし、それをそのまゝ載せればよかつたのにと思ひました。私も参加したかつたですが、失語症ぎみに過していました。

和合（亮一）さんの「ツイッター詩」を高く評価されましたが、私はもつと散文的なドキュメントに徹して書かれたものを読みたい気がしてゐます。

震災以前から伏線のやうにいろんな出来事が起こつてゐたとも云はれたやうに思ひます。私にも思ひあたるふしがあり、なにかプライベートに、またパブリックに蓄積されてきた空気が、あそこで爆発したやうな印象があります。

おかげさまで私のなかでも少し言葉が動きだしたやうにも思ひ、有難い機会となつたことをお知らせしたいと思ひます。》（瀬尾育生氏宛メール）

二日、《三十日〔瀬尾氏講演会〕はお疲れさまでした。（略）よくわからないところもありますが、宗教性と非宗教性の対立を止揚するためには、一度宗教性にどつぷり浸かる必要がある（といっても、もちろん既成の宗教にではなく）、といふことが、今、ラディカルな課題としてあるのではないでせうか。これは瀬尾さんにかぎらず、安藤礼二さんのやうな尖鋭な批評家も、それを探求してゐるやうに思へます。

宗教と無縁に生きてきた我々にとつて、それはスリリングな探求になるだらうと思ひます。鮎川信夫のやうな人だつたら拒絶反応を示すでせうが、その鮎川をもつともよく理解してきたのも瀬尾さんだといふのが面白いところです。そんなことを考へました。》（矢野静明氏宛メール）

十日、《まだ（同人詩誌創刊まで）時間はありますから、じつくり考へませう。その後、「詩と言論」といふのを思ひついたんですが、どうでせうか。

さうですね、表紙が矢野さんで、北海道から九州まで幻想空間がひろがることになりました。「LEIDEN」と「雷電」のどちらを大きくするかは、感覚的な問題で、どちらとも決めかねるところです。日下部氏と相談してみます。

「歌と声をベースとする「詩」と、論理と文字をベースとする「批評」の狭間でこそ、「LEIDEN」は光を放つ「雷電」だと思いますから。」

全くさうですね。この「狭間」を表現する言葉を、標語として表紙にどう入れるか、といふことになります。「詩と批評」といふのがいちばんオーソドックスなんでせうが、「ユリイカ」がずつとそれをサブタイトルにしてゐます。「詩と思想」は、同名のつまらない雑誌がなぜか続いてゐます

しね。「詩・情況・思想」とか、さきほどの「詩と言論」とか、思ひつくのはそんなところです。》（高橋秀明氏宛メール）

十一日、《先日（四月二十九日）はお付き合ひいたゞき有難うございました。助かりました。ところで、一つきつかけを与へていたゞいたことになつたのですが、それは僕の「あるランボー論」に関してです。資料不足で書けずにゐたことを、（資料不足のまゝ）新稿で付け加へることにしました。「アルフレッド・イルグといふ人」という題で、エチオピアでのランボーの親友であり、ランボーの死後、エチオピア帝国の首相（外相）にまで登り詰めたこのスイス人が、ある意味で、ランボーの分身だつたのではないか、といつた趣旨のものです。世界史の視野から見ないと、ランボーのやつたこと、やりたかつたことは、わからないんぢやないか、といふのが僕のモチフなのです。うまくは書けないんですが、だれもやつてゐないことのやうに思つてゐます。

それで、最後にランボーの死後書かれたヴェルレーヌの次の詩を引用することにしました。

君は死んだ、死んだ、死んでしまつたのだ！　しかし少なくとも君の望むやうに死んだのだ
白い黒人となつて、輝かしく文明化した
野蛮人となつて、無頓着に文明を広めた野蛮人となつて……
あゝ、死者よ！　私のなかでは君はまだ千の火花を放つて生きてゐるといふのに。

素晴しい詩だと思ふんですが、邦訳の詩集にはありません。ステンメッツの『アルチュール・ラ

ンボー伝』に引用されたもので、題は「アルチュール・ランボーに捧ぐ、彼の妹が中近東風の衣装を着た彼を描いたデッサンによる」といふもので、一八九四年の『献辞詩集』第二版に収録されてゐると、同書の原註にあります。

知りたいのは、これが全文かどうかなのです。抄録とは書かれてゐないので、四行詩だとは思ふのですが。ヴェルレーヌのサイトか何かでわからないでせうか。お忙しいところ申し訳ありません。見つからなければそれで結構ですので。》（吉田裕氏宛メール）

十二日、《ワオ、十四行詩だつたんですか。調べてもらつて助かりました。御足労いたゞき有難うございました。早稲田の図書館にあるんですね。

前から気にして見てゐたんですが、なぜか邦訳がありません。もしかして「ラテン語の引用もあつて、なかなか難しいです」といふのが、ネックになつてゐる？　まさか！　ラテン語のわかる人に問ひ合せれば済むことですからね。トロワイヤの『ヴェルレーヌ伝』には引用はおろか言及もありません。

書いたものを添付してみますが、十四行詩の最初の四行である旨、追記しようかと思つてゐます。でも読んだ人は、全体を知りたいと思ふんぢやないでせうか。もし翻訳してもらへれば、吉田裕訳といふことで、こゝに入れられるんですが、ムリでせうか。ヴェルレーヌの晩年の詩は評価が低いんですが、僕はそんなはずはないんぢやないかと思つてゐます。紹介じたいが乏しいので、確言できないんですが。》（吉田裕氏宛メール）

十三日、《（ヴェルレーヌの訳詩に関して）まだゲラも出ていない段階で、時間はありますから、もし気が向くことがありましたらやつてみて下さい。詩の翻訳も面白い作業かも知れませんよ。詩がわかつてしかも語学ができる人は少ないいんですから、もつたいないなと思ひます。

僕がテーマとした「白人の上陸。号砲。」といふのは小林の訳ですが、人文書院の「ランボー全集」では、小林の洋行中に、鈴木信太郎に勝手にやつてくれと任せた結果、二人の共訳といふことで出たのですが、「白人どもが上陸する。宗教儀典。」と、わけのわからない訳になつてゐます。原文は「カノン」なので、一往どちらにもとれるのです。小林が自分の本では元に戻したのは云ふまでもありませんが、鈴木は権威でせうから、これに気を遣つた訳は他の人が今もしてゐます。つまりそんなレベルで推移してゐるわけです。ですから専門ぢやないからといつて遠慮することはないと思ひます。

ヴェルレーヌの晩年の詩は、玉石混淆の「石」のはうがよほど多いんだらうとは思ひますが、「玉」の、しかもランボー追悼の詩が訳されてゐないなんて、をかしなことです。今度「coto の会」が大阪でありまして、山田兼士さんに会へるはずです。氏はボードレールを中心にフランス詩の研究をされてゐて、ヴェルレーヌもいくつか訳されてゐたと思ひます。機会があればそんな話題をもちだしてみようかなどと思つてゐます。「coto」で見られたことがあるかと思ひますが、氏はフランス詩の散策などをテーマに五十代から詩を書き始め、一昨年五十六歳にして初めての詩集を出されました。吉田さんもどうですか、などと云ひたくなりましたが、よけいなお世話ですよね。》（吉田裕氏宛メール）

十六日、《震災後、初の悪華句会。後楽園の菖蒲が綺麗でした。言葉にならないことが沢山ありました。それをどう表すか。あるひは、あへてそれにふれないで別件のうちに表すか。天の句（「衣替えがれきの街に少女佇つ」桑島正仁）、親を亡くした子供がそれでも生きてゆかうとする姿が印象的です。たぶん作者にとつて他人事ではないからでせう。「表記流出」の句（「ハンランの表記流出立中忌」佐伯修）、言葉を失くす体験がみごとに定着されてゐるやうです。次は十月に。》（第四回「悪華句会」講評）

——五月十五日の句会は小石川後楽園で行はれた。出席者八名。兼題は「初夏」「紫陽花」「更衣」「立中忌」。ちなみに私の出した句は、「文明のころもがへは何時《いつ》雲赫し」「感性を潰し来りて立中忌」「はつなつをたゝみ瓦礫瓦礫の道光る」。

十八日、《たまには句会も面白いですよね。講評をおほめいたゞき有難うございます。たぶん「ライデン」の「近況／遠況」にも似たやうなことを書くことになるかも知れません。

ところで、高橋さんと大阪で会へさうなので、相談してみますが、表紙の件、そろそろ矢野静明さんに依頼しなければなりません。

表紙の文字の件ですが、高橋さんは「雷電」をむしろ強調したい意向のやうです。僕はどちらかといふと逆を考へてゐました。それで同等にして「LEIDEN——雷電」といふのを思ひつきました。略称は「ライデン」でも「LEIDEN」でも「雷電」でもいゝと思ひます。サブタイトルについて思ひついたのは、

詩批評

LEIDEN——雷電

ください。

といふものです。どうでせうか。もつといゝものがあれば云つてください。といふか考へてみてください。

評論集は今朝、ディスクとプリントを書肆山田に送りました。結局、「文藝の政治学」だけ外すことにし、他はそのまゝにしました。御心配をおかけしました。それから、一本「ランボー論」のつゞきを書き下ろしで入れることにしました。（略）刊行は八月以降になると思ふので、これを「ライデン」創刊号用の評論にしようかと思つてゐます。》（日下部正哉氏宛メール）

二十一日、新幹線で大阪へ。佐伯修氏と同行。堂島・「coto の会」に出席。

二十五日、《（「coto の会」では）初めてお会ひする人も多く、充分な話はできませんでしたが、なかなか良い会になつたと思つてゐます。「coto」が終はつて「LEIDEN」へ向かふ区切り目にも、私のなかでは、なつたやうに思ひます。

表紙に入れる文字の件ですが、諒承していたゞいたやうに思ひますので、とりあへず、あれで進めたいと思つてゐます。

〆切まで、あと一週間ほどになりました。なんとか六月中旬には印刷所に入れたいと思つてゐます。私は六ページ分の詩と四ページ分のエッセイが一往でき、あと「近況／遠況」欄の四百字を書けば、それでいゝかなと思つてゐますが、他にも何か書くかも知れません。送つていたゞく原稿、楽しみにしてゐます。

「イリプス 2nd」最新号は、物流がまだ遅れるやうで、帰京した翌日に届きました。面白い雑誌に

なつてきたなと思つてゐます。瀬尾さんと岩成（達也）さんの対話が何と云つても驚きですね。》（高橋秀明氏宛メール）

【六月】一日、《「coto の会」は、なかなか会へない人に会へて、良かつたです。山田兼士さんとは初対面で、話すことができました。今村（秀雄）さんとはあの出版記念会（日下部氏『宮崎駿という運動』の出版を祝ふ会）以来でした。高啓さんとも初対面でした。彼のブログに早速、大阪行きのことが書かれてゐます。あまり話はできませんでしたが、大橋信雅さんとも初対面、映画エッセイの著書を頂戴しました。安田さんともあまり話ができずじまひ、ちよつと元気がなかつたかな。あとは同行した佐伯さんのほか、高橋さん、永井芳和さん、萩原健次郎さん、加納（成治）さん、庄野（予侑子）さん、そんなところで、意外に欠席者が多く、十数人のアットホームな会でした。》（日下部正哉氏宛メール）

三日、《先日はなかなか良い会になつたのではないでせうか。また読書会などに参加する機会があればと思つてゐます。（略）このところ本を送る余裕もなかつたのですが、そろそろまとめて処分しなければと思つてゐます。》（安田有氏宛メール）

七日、《「震災をめぐる断章」、大いに楽しみにしてをります。存分にお書きください。少々遅れても大丈夫です。ところで、文明史の大転換の行方は、この数日で非常に悲観的になつてきました。連休明けに菅首相が浜岡原発を止めさせたのは大英断でしたが、これによつて電力業界（＝財界）の危機感は高まり、さらにソフトバンクの孫氏との会談で脱原発の方向に自信をもつた菅氏が、その後のG8で、脱原発への構想をぶちあげました。そして帰国したとたん、自民党の「菅降ろし」が激しくなり、それに何と小沢一郎氏が乗つてしまつた。不信任案は不成立だつたものの、首相辞任の流れは止めやうがないやうです。

電力業界（＝財界）の巻き返しは全くすさまじい。政党、官僚、財界、メディアの殆どがそれに乗つてしまふといふ、目を覆ひたくなるやうな事態になつてゐます。しかもそれに殆どの人が気づいてゐないのではないでせうか。

これを逆転するには、菅首相が今回の事態の本質について国民に語り、脱原発構想の賛否を問ふことでせうが、それができる器量があるのかないのか、どうもそこまで思ひいたらないやうな気配ですね。枝野官房長官は気がついてもよささうに思ふんですが。

今度の号では書かないことにしましたが、半年後の次号では必ず時評を書かうと思つてゐます。》（日下部正哉氏宛メール）

十一日、新宿へ。高円寺「素人の乱」主催の脱原発デモに見学がてら参加。デモ参加は一九六九年以来か。気軽に合流できる雰囲気をつくつてゐるのがいゝ。東口を人波が埋め尽す。そんな光景を視たのも六九年以来か。警察が出しやばり過ぎなのは如何ともしがたい。

同日、《ヴェルレーヌの二つの訳詩、有難うございます。二つとも素晴しいぢやないですか。「歴史は彫り上げる、死に打ち勝つ君の姿を、」「パリやロンドンといったあれら汚らしい街々の外側で」――これから熟読して何とか役立てたいと思ひます。》（吉田裕氏宛メール）

十四日、《いま、久しぶりに同人誌の編輯作業に追はれてゐます。ヴェルレーヌの訳詩の件で、だいぶ考へたのですが、その同人詩誌「LEIDEN」の0号に載せたいと思ひました。私の評論「イルグといふ人」に続けて、見開きで掲載したく存じます。事実だけを記した後註のやうなものも書きました。添付しますので、御検討ください。軽い気持で諒承していたゞければと思ひます。》（吉田裕氏宛メール）

十八日、《〈ヴェルレーヌの訳詩掲載を諒承していたゞき〉有難うございます。これで創刊号に思ひがけない花を添へることができました。（略）何か他にも面白いものがありましたら、訳してみて下さい。吉田裕訳「ヴェルレーヌ詩集」ができるかも知れません。「女たち」「男たち」は澁澤龍彦が訳してゐます。》（吉田裕氏宛メール）

二十日、明大前・七月堂へ。「ライデン」0号入稿。

三十日、「ライデン」0号出来。

《今日夕方、日下部氏と創刊号を取りに行き、早速、七月堂より五十部お送りしました。二日（土）には届くといふことです。ちやうど雷雨の午後でしたが、夕方七月堂に着いたときには晴れ上がつてゐました。あちこちに落雷が轟くやうな雑誌になればいゝのですが。》（高橋秀明氏宛メール）

【七月】七日、七〇年代からの評論を蒐めた大冊を上梓された成田昭男氏に礼状。《（略）過日は、『塹壕と模倣』お送りいたゞき、有難うございました。私も同じやうな本を、何と云ふんでせう、過去と現在をごちやごちやにしたやうな本を、職場を停年退職した昨秋からつくつてゐたところでしたので、同じ時代を生きてきて、ちやうどそんな時期にさしかゝつたのかなと、感慨をおぼえました。

だいぶ遅れてゐるんですが、今秋にはお送りできるかなと思つてゐます。》

同日、《早速〔「ライデン」を〕読んでいたゞいて有難うございます。定期購読第一号になつていたゞけるとのこと、感謝します。「ライデン」の名簿に特筆いたします。日下部氏の自伝小説、まう構想はできてゐるさうで、長篇になるやうです。貴兄の〔「漏刻」連載の小説〕「緑色した時のなかで」を憶ひだしました。よかつたら感想送つてあげてください。》（阿部哲王氏宛メール）

十日、《酷暑のなかを引越しなさつたのでせうか。ともあれ、届いてよかつたです。「ライデン」誌、「詩批評――批評詩」の看板に負けぬ誌面にして行きたいと思つてゐるんですが、御期待に添へるものになるかどうかはわかりません。

感性を潰し来りて立中忌

これは五月に友人達と句会をやつたときに、立中潤の三十七回忌（！）にちなんで詠んだ俳句もどきです。今年は立中が生きてゐれば還暦を迎へる年でもありました。全く早いものです。どうかお元気で。夏バテなどなさいませんやう。》（北川透氏宛メール）

十三日、《炎帝にじわじわと締めつけられるやうな今年の夏です。今日、「ポエトリー・エッジング」届きました。「ライデン」への感想もいたゞきました。また、同日「交野が原」も届き、操さんの文章を先ず拝読したところです。中桐雅夫論、面白く読みました。たくさんの秘密を抱いて死んで行つた人なんだなあ、と改めて思ひました。詩「夕暮れまで」も面白く読みました。》（寺田操さん宛メール）

十四日、《今日、「ルナ・クリティーク」届きました。改稿された「わがスカトロジー」、面白く拝読したところです。なにか福島原発の現場作業員のイメージで読んでゐました。実際に出てくるのは「地下保健所員」なんですが。新詩集用と書かれてゐましたが、今度は早く出さうですか。「スカトロジーについて」も面白く読みました。ぼくは「ヴェルレーヌの糞を喰らふランボー」といふ、詩とも評論ともつかぬものを書き出したことがあるのですが、結局ものになりませんでした。刺戟されてそのうち続きが書けるかも知れません。》（高橋秀明氏宛メール）

十六日、今年初めての根岸句会（第二十五回・根岸いさお宗匠・榊原克彦幹事）。小石川後楽園にて。九人参加。久しぶりに元の職場の親しい人たちと会ふ。私の出した句は「人いまだ死なぬ惨事や草いきれ」「津波跡短命の子や雲の峯」「項垂れし扇風機・日本・セシウム半減期」。

十九日、新宿ピカデリーで『ハリー・ポッター』最終篇を観る。このシリーズは第一作が良く、だんだんひどくなつて終つた観がある。

【八月】 **三日**、《いま、評論集の校閲を進めてゐます。来週ぐらゐに往復書簡のページのゲラを、念のためお送りしようと思つてゐます。

「いま被災地には、ボランティアをしに行く、生活上の必要があって行く、そのいずれでもない思想の営為として（というと大げさかもしれませんが）、被災地の現状をひたすら見つめるために行くという三つの経路があるとして」と書かれてゐるのを読んで、ちよつと首をひねりました。日下部さんらしからぬ頭でつかちの、浅田彰の云ひさうな整理のしかたではないですか。あるひは磯田光一の云ひさうな。もつと素直に考へて、自分にできることをすればいゝだけのことではないでせうか。僕はまだ早いと思つてずつと我慢してゐたんですが、もうい丶だらうと思つて行くことにしたのです。小さな旅でもい丶と思つてゐます。さう云へば瀬尾育生さんが「暮鳥」といふ、仙台への小さな旅（たぶん日帰り）の記録を長篇詩にして書いてゐます。昨日「現代詩手帖」で読んだところです。

「僕は忙しさと欲求とのあいだで疲弊していくばかりです」と書かれてゐるのも気になりました。どうか健康に留意して、暑さに負けず、したいことをするようにしませう。》（日下部正哉氏宛メール）

七日、新幹線で仙台へ。今年の七夕は「復興と鎮魂」がテーマで、通常の大規模な七夕飾りのほかに、全国から届けられた折り鶴やメッセージの記された短冊が通りを埋めてゐる。と云つても仙台はずゐぶん前に一度来たきりで、七夕は初めてなので例年との違ひはよくわからない。また市街地の被害は表立つてゐない。翌日、仙台より名取、タクシーで閖上《ゆりあげ》へ。津波跡の被災地を廻る。信じがたい光景が拡がる。

十日、《今日「現代文学」届きました。存在を知らなかつた雑誌です。有難うございました。「剝離する映像」（デビット・リンチ『マルホランド・ドライブ』についての論）、いま読んでゐますが、面白い映画を見つけたんですね。さういへば今の日本そのものが何とも表現のしやうのない、輻輳的な空間になつてゐる気がします。（略）評論集のはうはやつと初校が出まして、月初から校正を進めてゐます。ちやうど＊＊さんの連作集の校閲と重なり、昼は＊＊さん、夜は評論集と、ふしぎな日々を過してゐます。合間を縫つて仙台の七夕に行き、翌日そこから三、四十分の閖上に行き、津波被災地を見てきました。破れ障子のやうな建物の白い廃墟でした。》（吉田裕氏宛メール）

十五日、福島市へ。四季の里でのイベントに参加。「プロジェクト・FUKUSHIMA」主催。和合亮一、坂本龍一、大友良英氏らのライヴ・パフォーマンス、近くのあづま球場でのスターリン、頭脳警察のコンサートなどを観る。翌日は福島市内を歩き、阿武隈川と出会ふ。その後、タクシーで二本松市の「智恵子記念館」まで。自然の深い緑がしたゝる。しかし運転手さんは放射線値の影響で人が来ないと歎く。人つ子一人ゐない館内で高村智恵子の紙絵と再会。

十七日、《「LEIDEN」への長文の御感想、御批評、有難うございました。大変参考になり、また励まされました。

拙作（「ヴェルテップ＝二重芝居」）についてはもつと明瞭な構造にできたのではないか、つまり失敗作ではないかといふ批評も頂いてゐます。今村さんからは失敗作であるがゆゑに成功してゐるといつた言葉をもらへ、我が意を得たりの思ひでした。もつと大胆に破綻した作を書いて行きたいと思つてゐます。

高橋さんの「スカトロジー・シリーズ」、私は面白く読んでゐます。まう新詩集の原稿が出来てゐるとか。

ところでこの十五日は福島でのイベントに行つてゐました。福島の人たちが元気なのをみて少し安心し、イベントでは頭脳警察、スターリンと、同世代のパンクロッカーが頑張つてゐるのを見て、刺戟をうけました。和合亮一さんの朗読も聴きましたが、こちらは何か大きな勘違ひがあるやうな気がして残念でした。当初の「詩の礫」は切実だつたのですが。》（今村秀雄氏宛葉書）

十九日、《実家のはうはいかゞでしたか。福島に行つて福島市の人が普段どほりに暮らしてゐるのをみて少し安心しました。イベントではスターリン、頭脳警察と、私の同世代のパンクロッカーががんばつてゐるのをみて、刺戟をうけました。スターリンの遠藤ミチロウの「原発ブルース」といふのはなかなかいゝです。ユーチューブでも聴けます。「おれの原発メルトダウン／放射能を撒き散らす／おれの言葉で皆殺しだ／云つちやいけないことばかり／ウソをついても知らんぷり／だけどとうとうぶッ飛んだ」といふものです。和合亮一の朗読も聴きましたが、何か大きな勘違ひがあるやうな気がしました。コラボでピアノを弾いた坂本龍一も鼻白んでゐるやうな感じでした。当初の「詩の礫」は切実な表現だつたとは思ふのですが。》（日下部正哉氏宛手紙）

――たゞ和合さんは舞台上のパフォーマンスが苦手なだけなのかも知れない。「嵐よ、雲よ、光よ。余震よ、風評よ、放射能よ。どこまで我らを痛めつける。」「福島を生きる　福島で生きる　明けない夜は無い」（『詩の黙礼』）――朗読ではなく記された詩句からは、先の山下俊一さんと同じ、風土を失ふことがあつてはならないといふメッセージが確実に伝はつてくる。

二十六日、《先ほど「飢餓陣営」（36号）お送りしました。期待したほどではなかつたかも知れません。といふか吉本氏にはまう期待できないとわかつてゐながら、永年の習慣でつい期待してしまふ、といふところでせうか。でも佐藤幹夫さんの行動力は驚きです。

あのあと紀伊國屋で山本義隆の新著「福島の原発事故をめぐって」を買ひ、半分ほど読みました。真打ち登場といった感じです。百枚ぐらゐの薄い本です。（略）

評論集の「あとがき」で貴兄への謝辞を入れることも考へたんですが、その直前に、往復書簡の最後での謝辞があり、しつこくなるやうなので止めた次第です。「LEIDEN」のことも創刊よりだいぶ前に書いたものですので入つてゐません。原案は震災前ですので、震災のことにも全くふれてゐません。こんなに刊行が遅れるとは思つてゐなかつたのです。さうした意味では不本意な本といふことになりさうです。》（日下部正哉氏宛メール）

二十七日、沼田へ。国際アートフェス。居上紗笈さんのアート・プレゼンス主催の初日。薄根《うすね》の大桒でのイベント、古民家でのダンスと映像のコラボを観る。翌日は市内各所での展示などを観る。暗くなつてからダンス・パフォーマンスが始まる。

二十八日、《今夜、沼田より戻つて来ました。昨夕、今夕と、七感弥《ななみ》正彰さんといふパリ在住の舞踏家のダンスが見られ、また、地元の民謡、囃子とのコラボなどもあり、なかなか多彩で面白かつたです。美術家の方も多く見え、今朝は街なかや廃校の小学校で展示（主にインスタレーション）を見てまはりました。一人で行つたせゐもあつてか、そのうちの何人かの方と知り合へました。居上さん夫妻はずゐぶん努力されたのでせうが、なかなかの組織力です。動員力がいつものやうに今ひとつで、七感弥さんも残念がつてゐましたが。（略）》（吉田裕氏宛メール）

二十九日、《今回のアートフェス、舞踏、美術、映像、音楽など盛りだくさんで楽しませていたゞきました。七感弥正彰さん、ヒグマ春夫さん、フリオ・ゴヤさんらとも知り合へました。前衛舞踏と地元の民謡、囃子とのコラボが何とも面白かつたです。もつと繰り返してやれば新しいものが生まれる可能性があると思へました。居上さんの舞踏は最初の薄根の大桒で拝見しただけでしたが、あれだけの会を実行なさつた御夫妻の組織力に敬意を表します。今週のスケジュール、うまく行くことを祈つてゐます。》（居上紗笈さん宛メール）

【九月】二日、菅直人内閣総辞職、野田佳彦内閣発足。
三日、雑司ヶ谷。書肆山田・鈴木一民、大泉史世さんと打合せ。『詩的クロノス』初校戻し。
十一日、亡父三回忌。大阪・京橋「太閤閣」にて。親族集ふ。
十九日、《ところで、川村湊の新刊『原爆と原発』を読んだところです。『風の谷のナウシカ』も出てきました。それでアッと思つたのですが、僕は話の前提がよくわかつてゐなかつたので、ややゝこしい話だなと思つて、ついて行けなかつたのかな、と。とくに原発事故の後、ナウシカの話はリアリティを増したのではないでせうか。福島だけでなく、北朝鮮、中国などで原子力事故が起こるのも時間の問題でせうから、「腐海」は拡がる一方の時代となるのではないでせうか。貴兄の「『風の谷のナウシカ』の旅」を読み直してゐるところです。》（日下部正哉氏宛メール）
二十八日、《先日の「芸術会議」の件ですが、一週間延びて、十一月六日（日）になりました。いちわうお知らせせしておきます。

話のテーマは「抒情詩を超えて」といふことにしました。詩の表現のおさらひを基本にして、「最後の」抒情詩人・清水昶が急死したり、福島の抒情詩人・和合亮一が注目されたり、といつたことにもふれたいと思つてゐます。和合さんは陰ではずいぶん批判されてゐるやうですが、表だつては批判しにくい雰囲気になつてゐて、まづいなと思つてゐます。

今年は大変な年で、僕の周囲にもノイローゼ気味だつたり、過度に内閉的になつたりする人がゐて、悩まされます。しかし何とか乗り越えていかなければと思つてゐます。重要なのはやはり、自分の考へを、間違つてもいゝから、率直に、野蛮に云ふことなのではないでせうか。フーコーが晩年に強調した「パレーシア」といふのも、結局はさういふことなのではないかと、勝手に思つてゐます。

北川透さんの『海の古文書』について、高橋さんの感想を聞きたいと前にも云つたと思ひますが、僕は、やはり率直に、評論的に、書くべきところを、詩に、レトリックに、逃げてゐるな、と思ひました。松下さんも、菅谷さんも、時代が変はつて、北川さんは生き延びて、別の面が見えてきてもいゝのに、相変らずだなあと、あの世から慨嘆するのではないでせうか。

最近知り合つた、詩を書いてゐる若い女性が、黒田喜夫とか高橋和巳とか桐山襲とかが好きだ、と云つてゐました。たぶん全く僕らとは違つた読み方をしてゐるんだらうなと思ひ、考へ直す機会を与へられた気がしました。

さうは云つても、いま長めの詩を次の「ライデン」に載せようと思つて書いてゐるのですが、行き詰まつてしまつてゐます。「北川氏の秘密の読書がセリーヌであり、敵をつくる（敵がいる）ことはものを書く人間にとって理想的な状態だ、と言ってくれた」とありましたが、やけのやんぱちで、セリーヌの引用もしてしまつてゐます。

池澤夏樹批判の文、読みましたが、もつと罵倒してもよかつたのではないでせうか。高橋さんにしては遠慮がちなやうな気がしました。》（高橋秀明氏宛メール）

二十九日、《まづお訊ねの清水昶の件ですが、新聞にも訃報が出たので、御存知だと思つてゐました。五月三十日、心筋梗塞で死去。満七十歳でした。偲ぶ会が東京であり、僕はほとんど面識がなかつたので行きませんでしたが、安田有さんなどは生駒から行かれて、盛大な会だつたと云はれてゐました。「現代詩手帖」が近々追悼特集を組むんぢやないでせうか。

それとの関聯で云ふと、「毎日新聞」でずつと詩歌を担当してゐる酒井佐忠といふ人の追悼文があり、そこに「言葉はロマンに満ち、抒情的でさえあったが」という評言がありました。「言葉はロマンに満ち」といふのも通俗的で的を射てゐませんが、「抒情的でさえあった」といふのは、全く何も分かつてゐないことを示してゐます。「抒情詩」に向かつて「抒情的でさえあった」と云つてゐるわけですから、同義反復以下なわけです。昶さんが気の毒になりました。

僕が今度の会で話さうと思つてゐるのは、さういつた初歩的な詩の表現論が共有されてゐないので、おほざつぱに整理してみようといふことにすぎません。それだけでもかなり厄介な話になりかねないので、なるべく啓蒙的な段階にとゞめようと思つてゐます。

高橋さんの云はれる「抒情詩の復権」といふのも、もちろん単純に云はれてゐるわけではなく、私詩的なものを基盤にすることと同時に、「仮構」の言語帯に向かつて離陸させるといふ行為を重視されてゐることは云ふまでもないことでせう。（僕もそれを何度も繰り返してきました。）「狭い意味での抒情詩」といふのは、この私詩的なものにへばりついて、ちつとも離陸しないものをさします。柴田トヨさんの百五十万部も売れたといふ詩集は、離陸度ゼロのやうで、世間ではまだあんなものが詩と呼ばれ、歓迎する人がゐ、またそれに倍する人が詩に対する偏見と嫌悪を増幅させる理由ともなつてゐるわけです。震災後のＴＶで何百回と暴力的に流れた「こだまでせうか」といふ金子みすゞの詩も同じことでせう（とあへて野蛮に云ひます）。

和合亮一の震災後の詩についてはどうでせうか。むしろ高橋さんの意見を、もし読まれてゐればお訊きしたいところです。「批判は表だつてはしにくい雰囲気」と云ひましたが、荒川洋治が「毎日新聞」のボルヘスの本（『詩という仕事について』）の書評の末尾に、こんなことを書いてゐました。「いま、ある国のことばは、一定の方向に流れる。まとまりのつかなかった人たちが、あることをきっかけにその文章やことばの方向をそろえはじめた。一種の活力さえとりもどすという面では、特需とでも呼びたい現象だ。そんななかで、ほんとうの不安がどこにあるのかは見さだめにくくなった。文学のことばと意識の確認は、これからの重要な作業のひとつとなるだろう。」「ある国のことば」は「この国のことば」の誤り？　どうしてこゝまで韜晦しなければならないのかとも思ひますが、僕の読みに間違ひがなければ、これは和合さんに対する痛烈な批判だらうと思ひます。

これは半分は当たつてゐます。しかし半分はちがつてゐるだらうと思ひます。和合さんの詩には福島の現場からの貴重なドキュメント――つまり叙事といふ面が確実にあるからです。しかしいま注目されてゐるのは、さうした面ではなく、現在の共同体感情をバックにした、手放しの抒情の側面です。歌曲になつたり（ユーチューブで見られます）、吉永小百合が朗読したりしてゐるのは、全くこちらの側面だけを抜き出してゐるわけで、荒川さんが嫌悪を感じるのも無理からぬところと思ひます。一種の戦争詩とうけとつての批判とも云へるのではないでせうか。

お訊ねがあったので紹介し、ついでに考へを叙べてみましたが、長すぎですね。しかしまだありました。

北川透の『海の古文書』をどう読むかについて、慎重になられてゐるやうに思ひます。僕が前便で云つたのは軽率な発言だつたかも知れません。前詩集『わがブーメラン乱帰線』への高橋さんの長文の批評は、北川さんにとつて大きなできごとだつただらうと思ひます。（僕も短文ですが、前々詩集『窯変論』について肯定的に批評しました。）今度の「ライデン」で書評されるとい丶のに、と勝手に思つてゐるのです。

それから池澤夏樹について、僕には偏見がありまして、顔が大嫌ひなのです。ですから読んだことがほとんどありません。福永武彦の息子とは思へぬ、虫酸が走る面構へです。まとまりがつきませんが、このへんで送信します。》（高橋秀明氏宛メール）

【十月】六日、《今日（昨日）は思ひ切つて、浦和（けつかう遠いです）の美術館でやつてゐる「瑛九展」（大規模な回顧展）に行つてきました。自宅での作業が煮詰まつてゐまして、気分転換をしたかつたのです。瑛九という画家はけつかう面白く、何度もスランプから脱して新しい境地に達してゐることがよくわかりました。〈略〉》（高橋秀明氏宛メール）

十一日、《十三夜の句会でした。出口勝氏、二度目の天（「稲妻に見すえられ路地に直立す」）おめでたう！　その愛娘で初参加の夏希さん、期待のもてる綺麗な詠みぶりで花を添へてくれました。地と人の句（「憂きわれを透かして見たり月見酒」「いずこにかわが射ん星や月見酒」日下部正哉）、同じ作者、同じ季語で、憂悶の詩の連作になつてゐるやうです。「家路を急ぐ外国語」（「稲妻や家路を急ぐ外国語」阿部哲王）、「デスマスク」（「萩寺や西井一夫のデスマスク」佐伯修）の句、面白い着目に感心しました。次回は歴史に刻まれる一一年を越えます。どんな年になつてゐるのでせう。お楽しみに！》（「悪華句会」講評）

——十月九日の悪華句会も小石川後楽園で行はれた。出席者九名。私の出した句は、「太宰三島自死の系譜や萩の露」「稲妻割れて死の町の底は腐海なり」「原発GOODBYは十万年後とや腐海映れる月見酒」。

十八日、《〈十一月六日の「芸術会議」に向けて読んでおいたはうがいゝものを問はれて〉和合亮一さんの震災後の詩集は三冊出てゐまして、『詩の礫』、『詩の黙礼』、『詩の邂逅』といふ順です。詩集としては例外的に部数が多く、少し大きめの書店なら置いてあるはずです。詩人のなかでもつともよく震災・原発事故後の情況に取り組まれてゐることはたしかで、読む価値はあると思ひます。柴田トヨさんは読まなくていゝと思ひます。僕もネットでみて呆れただけです。清水昶は現代詩文庫に入つてゐる『少年』と『朝の道』がピークで、他は読まなくてもいゝと思ひます。とりあへず。》（吉田裕氏宛メール）

二十六日、三菱一号館「ロートレック展」へ。その後、霊岸島「七針」で舞踏・七感弥正彰、映像・ヒグマ春夫のコラボを観る。

三十一日、《御葉書拝受。こちらこそ先日の電話では、無駄話のつもりが、思ひがけず傷つけてしまつたやうで、申し訳ありませぬ。ずゐぶん前、平成に変はつたころ、さう、「なだぐれあ」で例の「天皇と歌はう」の座談会をやつたころ、同誌に「ラスト・エンペラーの死」といふ匿名時評を書きました。まもなく出るはずの評論集に、匿名時評からはこれだけを収録してゐます。あのころから僕の考へは変はつてゐません。つまり近代天皇制の存続はもうムリだといふことです。愛子さんはまちがひなくイノセントな存在で、僕はそれを非難してゐるのではなく、それをもみくちゃにし、さらし者にしてゐる人たちの、やみくもに近代天皇制を延命させようといふ思想を非難したいのです。誤解をまねく言ひ方をしたのは、僕のいつものクセと思つておゆるしくだされ。またゆつくり呑みませう。》（佐伯修氏宛メール）

【十一月】一日、書肆山田より求められて拙著『詩的クロノス』の〈著者からのメッセージ〉をかんがへる。

「自分の考へを、間違つてもいゝから、率直に、野蛮に云ふこと、それを一字一字彫刻刀で刻むやうに書くこと――この本はそんな「限度を越えて白熱した言葉といふ生命体の塊り」を創らうとした本です。」（「附記」より）

六日、駒込地域文化創造館で「アート・プレゼンス」主催の第四回「芸術会議」。「抒情詩を超えて」と題して講演を行ふ。第二部は日下部正哉氏と、司会の吉田裕氏を交へての対話と、参加者との質疑応答。二十人ほどの人が聴きに来てくれる。

七日、《昨日はこちらこそ有難うございました。同じ対象でも関心のありかたがちがふのは当り前ですから、お互いに刺戟しあつて、それぞれの探究を進めていけばいゝのだと思ひます。「下北沢の会」、今年もやりませう。楽しみにしてゐます。》（吉田裕氏宛メール）

九日、《日曜は御足労いたゞき、有難うございました。予想通りうまくいきませんでしたが、私の実力はあんなものです。対話のところでは、感じられたとほり『言語美』の研究会のやうになつてしまつて、何度か修正しようとしたんですが、お二人が夢中になつてしまつてゐてダメでした。聴いてゐる人がイライラするのがわかつたのですが。

和合さんの震災詩についても中途半端な言及で終つてしまひました。

それはさうと、とてもいゝ感想をいたゞきました。「新しければよい、のではない。難解なものは価値がない、といふわけでもない。しかし、まづ、いま、特別な素養や訓練もなく、幅広い世代に訴へる表現を、日本の詩は、まう一寸、必死で、なりふり構はずに、獲得すべきではありますまいか？」「こゝまで述べてきた真逆のやうなことを申しますが、世界中の誰からも理解されない詩の価値と栄誉を理解できる者になりたいです。」それは真逆ではなく、両方を同時にやらなければならない、といふことだらうと思ひました。ほんとにそれをやつていきたいとは思つてゐるんですが。またゆつくり話しませう。

二十六日、《早速〔講演録を〕読んでもらつて有難うございます。また「一太郎」が開けてよかつたです。

「抒情詩を超えて」をほめていたゞき勇気づけられましたが、大雑把なことしか云へてゐないので、やはりライブ感は残さうかと思つてゐます。それを消すとアラがめだつやうな気がするのです。喋り言葉でしか云へないことを云へたので、意味はあると思ふのですが。いづれにせよ、まう少し手を入れようと思つてゐます。（略）

私のはうも詩が難渋してゐまして、まだ完成しません。「震災・原発事故」については書かないでおかうといふ風潮が、どうも詩の世界にはあるやうです。「この現実拒否の馬鹿共が！」と思つてゐます。

古井由吉さんが「朝日新聞」の往復書簡で、「日本の古い詩歌の多くは、遠い近い災害への感応から、生まれてきたものではなかったか」と云つてゐました。この日本で大きな断絶的な「劇」が起つてゐるのに、それに目をふさいで、何をしようと云ふのでせうか。》（日下部正哉氏宛メール）

【十二月】一日、評論集『詩的クロノス』百冊届く。発送を少しづつ始める。

《先ほど『詩的クロノス』百冊、届きました。端整な美しい装幀の本になつたと思ひます。感慨をもつて眺めてゐます。読者の心に確実に届く本になつてゐることを願ふばかりです。》（書肆山田宛メール）

三日、「下北沢の会」。瀬尾育生、吉田裕、矢野静明氏と。

四日、《昨夜はお疲れさまでした。いろんな話ができてよかつたと思つてゐます。

本の整理ができなくて必要な本が出てこないといふのは全く同病相憐れむで、少し安心しました。ひとつ、話題に出た和合亮一さんの件で、詩のテクストの記憶にくひちがひがあつたやうに思ひます。たまたま本が見つかつたのですが、「ナチスドイツがかつてもたらした光景のようだった」といふのは、私の所持する初版の『詩の礫』にはなく、やはり「思想地図2」での加筆だらうと思つてゐます。瀬尾さんが云はれたやうに、和合さんのだめな部分なのでせうが、『詩の礫』にもあつたと云はれたやうに記憶してゐます。

何か書かれるときなどに役に立つかも知れないと思ひ、お知らせしておきます。これも云はれてゐたやうに、日付、時刻があるとないとでは全然ちがつてきますね。

詩を〔「ライデン」に〕送つていたゞけるのを楽しみにしてゐます。あまり削りすぎないやうにお願ひします。》（瀬尾育生氏宛メール）

五日、《拙著を早速読んでいたゞけて、有難く思ひ、また暖かい感想をいたゞいて、ほつとしてゐます。

力不足を痛感しながらの三十年が、こんなかたちにまとまることになりました。瀬尾さんからみると、きつと批判点も多いだらうと思ひ緊張してゐます。

和合さんのテクストの件、諒解しました。書籍版で削つたものを、「思想地図」で元に戻したといふことなのですね。過失を含めてそのとき記したことばを引き受けたはうがいゝと考へ直されたのではないでせうか。》（瀬尾育生氏宛メール）

十日、《先日は拙著への熱い感想いたゞき、有難うございました。積年のものが何とかまとまりました。初めて出会つた詩人である貴兄と笠佐紀のことを入れるといふのも、いつも頭にありました。立中潤のことはもちろんですが。》（福田博道氏宛メール）

同日、《早速読んでいたゞいたうへに、暖かい感想までいたゞき、有難うございます。相撲でいふ「恩返し」をそろそろしなければ生きてきた甲斐がない、といふことで、吉本氏への批判も少ししました。北川氏にはかなりしたつもりです。

また「蕉翁にしてなほ」のところ、目にとめていたゞきました。誰か云つてゐないわけはないと思ひ、ある程度は調べてみたんですが誰も云つてゐないやうでした。
それから誤植の指摘も有難うございました。実は他にもあります。しかしもう直しやうがありません。とくに自分の本では誤植が出やすいやうです。》（宮下和夫氏宛メール）
十四日、《師走の候、御多忙のことと存じます。
この度は拙著『詩的クロノス』の装幀をしていただきました。篤く御礼を申し上げます。
この一日に拙宅に本が届き、初めて目にした次第です。
白と灰のコントラストが美しい装幀に驚きました。金文字の表題と著者名も、面映ゆくはない端整さがきはだつやうで、とても好ましく思ひました。
私は長らく出版社の校閲部門にをり、装幀には素人なのですが、菊地さんの御仕事は何度も拝見してをりました。
学生の頃に詩作に手を染めて以来、少しづつ書きためてきた批評文を、こんなかたちで何とかまとめることができました。遅ればせの第一歩のつもりでをりますが、今後も装幀をお願ひする機会があればと、今から翹望してをります。先づは御礼まで》（菊地信義氏宛礼状の下書き）
十九日、《早速読んでいたゞいて有難うございます。大きい問題をあまり展開できてゐないなあと思つてゐます。まう少し頭がよければと思ふことしきりです。北川透批判のところは気になつてゐますが、納得したと云つていたゞいて少し安心しました。しかしあれでは足りないこともたしかです。》（矢野静明氏宛メール）
二十六日、《拙著、面白く読んでいたゞけてゐるやうで、ほつとしてゐます。力不足、時間不足を痛感しながらの三十年でしたが、もう後がありません。もう一冊ぐらゐ出す時間があればいゝのですが。

北川透批判の文が気になつてゐますが、もちろんあれで済むとは思つてゐません。また北川氏が大きな存在であることは他の箇所で何度かふれてゐます。「鮎川信夫」では北川氏の「鮎川論」が鮎川の詩の持続にトゞメを刺したと書いてゐるはずです。批評といふのはそれほどの力をもつものだといふことを云ひたかつたのです。（略）

それと「湾岸戦争」の問題で、他の箇所で断片的にふれてゐるものを、どこかで自分の考へを示さなければと思ひました。ずいぶん公表が遅れたのはあの頃、私に全く発表の場処がなかつたのです。これも今後展開しなければならない問題だと思つてゐます。》（高橋秀明氏宛メール）

同日、《（略）〔『詩的クロノス』に関して〕黙殺と陰口に終らなければいゝんだけどなあと思つてゐます。正面切つて反応があればいくらでも反応いたします。入沢康夫さんにツイッターで言及していたゞいたのは嬉しいことでした。》（書肆山田宛メール）

二十七日、《入沢さんのツイッターでの言及といふのは次のものです。――「「死者たちの集ふ海はどこにあるのか　その海鳴りの幻聴さへ実は消え去つたといふのであれば　われらがそれを作りださねばならぬ　鴉どもが群がつて世界を（……）衰亡させていくことを死者たちの名において拒むために」と四十年前に書き（「碑文」）、更にその十年後に「かの無恥無謬なる《安全装置》はいまや凶々しくも簇生を続ける新型発電所とひとしく　菫色の魂の全表面　八十隈手かけて赤黒い《斑点》を連らね　われらをますます　深い迷誤の襞へと囲ひ込む作業に余念がない」と書いてい

た（「死者たちの集ふ場所」）ことを、築山登美夫『詩的クロノス』のお蔭で思い出した。」》（書肆山田宛メール）

二十九日、《無事退院されたやうで、よかつたです。だいぶ調子はもどりましたか。拙著も読んで頂いてゐるやうでうれしいです。好きなところを拾ひ読みできる本が前から好きでしたので、そんな本になつてゐればと思つてゐます。全部読まなくてもいゝですよ。》（小林坩堝さん宛メール）

三十一日、《改稿された作品「分割」、拝受しました。ずいぶん直されたのでおどろきました。ちやうど「現代詩手帖」掲載の「開扉」を読んだばかりで、連作として読んでゐます。念のためレイアウトしたものを添付しておきます。何かありましたら遠慮なくお知らせ下さい。あと数時間で二〇一一年も終りですね。「ライデン」楽しみにお待ちいたゞけたらと思ひます。どうかよいお年を。》（瀬尾育生氏宛メール）

（「ライデン」3号掲載稿の抄録・13年2月）

Ⅳ 書評・映画評・展評ほか

映画評二つ ――『風立ちぬ』と『ハンナ・アーレント』

寸感・『風立ちぬ』――Kさんへ

『風立ちぬ』（宮崎駿監督）を観られたとのこと、私の感想ですが、今日なんとなく読んでゐたベンヤミンに未来派のマリネッティが引用されてゐるところがあつて、

「戦争は美しい。なぜならそれは、大型戦車や、幾何学模様を描く飛行機の編隊や、炎上する村々から立ちのぼる煙の渦や、そのほか多くの新しい構築物を創造するのだから。」

とあり、ベンヤミンは未来派＝ファシズムとして政治の美学化を批判するんですが、それに抗するものとしてもちだすのがコミュニズムによる美学の政治化で、このへんは全く理解しがたいところなので、それは措くとして、宮崎さんの兵器オタク、飛行機オタクといふのは、思想的にはかうしたところに発してゐるのに、彼は気づいてゐるはずではないかと。

『風立ちぬ』に出てくるカプローニ伯爵といふのは、明らかに未来派の思想的影響下にある人のやうに思ひました。さう云へば「ジブリ」といふのもカプローニの会社が開発した第二次大戦で使は

れた戦闘機の愛称ださうですね。

この映画の主人公・堀越二郎の新型飛行機開発には、はつきりした目的があつて、それは日中戦争で中国奥地に亡命した国民党政権を叩くためには、航続距離の長い飛行機（爆撃機・戦闘機）が必要だつたといふことです。この実現によつて、悪名高い重慶空爆などが可能となりました。

また真珠湾に始まる太平洋での海戦にしても、その後の零戦の開発がなければ、初めから勝算がないので、ありえなかつた。

つまり、堀越が開発をサボタージュしてゐれば、大東亜戦争に突入はできず、彼は遅延、サボタージュはできたはずですから、その意味で技術者としての戦争責任は無限に重いといふことになります。

『風立ちぬ』は重慶空爆のための新型飛行機開発の成功までの話から、突然、飛行機の墓場のシーンとなり、敗戦が暗示されて終つてしまひます。いま叙べたやうな歴史的に重要なことがらが全てカットされてゐるわけです。

しかし堀越の夢は開発までで止まつてゐるわけはなく、それが戦場で大活躍するシーンがあつて初めて完結するはずです。それが最後は特攻兵器として使はれ、悲惨な結末を迎へる、というドラマティックな展開が考へられたのに、宮崎さんはさうしなかつた。

そして映画のキャンペーンなどで、さかんに口あたりのい丶進歩派的な、反戦的な口吻を洩らしてゐます。それはこの映画のエクスキューズのつもりなんでせうが、映画とは何の関係もないし、堀越の夢に対して失礼きはまることのやうに思へます。

遺族は事前に諒承し、映画を観て感激したとのことですが、堀越が死んだから作れたので、あれほど生涯の事実を改竄されたうへに、夢まで改竄されてしまつては、生きてゐれば激怒したんぢやないでせうか。

と書いて気づいたのは、なぜ堀辰雄が出てくるかといふことで、これも改竄されてゐるやうで、堀辰雄の世界とはずゐぶんちがふなと思ひましたが、その堀は西欧文学の基準にしたがつて自分の生涯を改竄した人で、江藤淳が『昭和の文人』で手厳しく批判したのはそこでした。

宮崎さんはそんなことも全部知つてゐて、あへて堀辰雄を持ち出したのだとしたら、ぞつとする話だなと思ひました。

国際的なコンペで評価されないといやつていけないとか、ジブリはお金がかゝるから興行的失敗はゆるされないとか、そんなことは言ひ訳にすぎません。

宮崎さんはこの映画の企画書で、「自分の夢に忠実にまっすぐ進んだ人物を描きたいのである。夢は狂気をはらむ。その毒もかくしてはならない」(「公式サイト」より)と叙べてゐます。その言とはうらはらに、「狂気」も「毒」も隠蔽されてしまつたのです。

なぜ隠蔽されたのかと問へば、宮崎さんの心のなかで大きな検閲がはたらいて、それに膝を屈したと云ふしかないんぢやないでせうか。

エンディングで交はされる堀越とカプローニの幻の会話が、あるサイトで再現されてゐました。曰く、

「きみの十年はどうだつたかね。力を尽したかね」

「はい、終りはズタズタでした」

「国を滅ぼしたんだからな。あれだね、きみのゼロは」

零戦の残骸の前で、カプローニにそのやうに詰問させる意図はどこにあるのか。少なくとも同じやうに「国を滅ぼし」てしまつた枢軸国のイタリア人カプローニに、上から目線でそのやうに云はれるすぢあひは堀越にはないでせう。

それともカプローニは、ファシスト・イタリアを早めに敗北させるために精鋭機の開発をサボタージュしたとでもいふのでせうか。その可能性があるのなら、そのやうに描かなければならないはずでせうし、さうでないなら、堀越をこよなく愛してゐるはずの宮崎さんが、技術者としてとうに乗り越えられてゐるカプローニを、最後まで優位に描く理由はいつたい何なのでせう。

そこに福島原発事故後のわがくにの現実への、宮崎さんの失望感の反映をみてとることができないわけではありません。「夢の技術」である航空機への、その進歩へのあこがれ、熱意は、原子力平和利用へのそれと、容易に置き換へられうるからです。

それを汲み取つたうへでも、カプローニを「神」のやうに描く宮崎さんの心底から噴き出した根深い欧米コンプレックスをみるのは辛いことです。それは世界史の現在から大きく遊離したものに思はれてならないからです。「生きねば。」——といふのが、この映画のポスターに刷られた惹句で

したが、そこにどんな未来も感じとれなかつたといふのが私の感想です。
Kさんの感想はどうでしたか。

『ハンナ・アーレント』について　――Hさんへ

平日の昼間に出かけた神田神保町の岩波ホールはなぜだか知りませんが超満員でした。何とか席は確保できたものゝ、周囲は代々木系ふうと私には感じられるをぢさま、をばさまばかりで、その雰囲気には閉口しました。かく云ふ私にしてからがシニア割引で入場した観客の一人だつたわけですが。そんななかで観た『ハンナ・アーレント』（マルガレーテ・フォン・トロッタ監督）でしたが、とても見応へのある映画だつたと思ひます。久しぶりに観た大人の映画でした。

映画はアーレントの生涯のなかから著書『イェルサレムのアイヒマン』（一九六三年）に結実する時期、つまり一九六二年を中心とする時期を集中的に描いてゐます。彼女はこの年五十六歳。亡命ユダヤ人としてニューヨークに居住し、すでに評価の高い政治思想の著書もある大学教員です。六〇年にナチス・ドイツの中級幹部アイヒマンが、逃亡生活を送つてゐたアルゼンチンでモサド（イスラエル諜報部）によつて拉致され、翌年イスラエルで起訴され、時ならぬ戦犯裁判が始まります。アーレントはそのことに大きな衝撃をうけ、雑誌「ニューヨーカー」の特派員を志願してイスラエルに渡り裁判を傍聴することになります。

最初のシーンは、暗い夜道で二人の男が何者かを捕らへ、幌付きのトラックに拘禁して走り去るといふもので、捕らへられたのが誰なのか、のちに判明する筋からすればアイヒマンなのでせうが、ナチス時代の回想ととれば、一人のユダヤ人であつたとしてもふしぎはない、そんな不安な気分をもたらすものでした。

アーレントのイェルサレム行きの壮行会で、亡命ユダヤ人たちが激論をたゝかはせます。

「素晴しいよ、ハンナ。偉大なる裁判に君が立ち会ふのだからね」

「偉大？　違法な裁判だ。モサドが不法に誘拐した」

「イスラエルにはナチを裁く権利がある」

「権利だと？　正気か？」

「〔彼は〕収容所の生存者だもの」

こゝで知れるのは、亡命ユダヤ人たちの間で、欧米社会との同化と分離をめぐつて対立があることです。それが深刻なものにならないのは、そこにゐる彼らがみなハイデガーの教へ子といふエリートだからであり、シオニズム（分離主義）に同情的な人であつても、米国社会に同化した生を送つてゐるからでせう。

もともと彼らはドイツの同化ユダヤ人でした。それがナチスによつて炙り出され、心ならずも欧州社会から分離させられたのです。それから二十年前後の時が流れてゐます。

右の会話でアイヒマン裁判に疑問を呈してゐるのは、アーレントの同志であり夫でもあるハインリヒ・ブリュッヒャーで（彼はユダヤ人ではなく元左翼のドイツ人です）、アーレントもまた同じ考へだつたらうと思ひます。

この当時、イスラエル国家はすでに数次の中東戦争を経て、現在にまで至る、ユダヤ教の教義とは似ても似つかぬ軍事主義、植民地主義の本質を顕はにしてゐました。アイヒマンの拉致、イスラエルでの戦犯裁判といふ全く国際法を無視した国家行為もまた、イスラエル国家の本質の顕はれで、程度の差こそあれ反ユダヤ主義に加担した経験をもつ多くのヨーロッパ人を慄へあがらせたはずです。

ですからアーレントがそんな裁判を肯定するなどといふことはありえないことなのですが、にもかゝはらず傍聴してレポートを書くことを択んだのは何故だつたのでせうか。

映画はそんな興味をひきずりながら、アイヒマン裁判の実写フィルムを流します。アーレントの傍聴シーンはもちろん実写ではありませんが、彼女はそこで直かにアイヒマンを見、供述に耳を傾けたのです。それを不自然にならず、うまく組み合せたところにも作家の力量がよく表れてゐると思ひました。


古い映像のなかの被告席にゐるアイヒマンを観てゐて、私が聯想したのは原発事故当時の東京電力社長・清水正孝でした。人物の雰囲気、臭いがよく似てゐたのです。といふよりこの人は世界中どこにでもゐる、上司の命令に従順で出世欲旺盛な、プライドが高くて僻《ひが》みやすい、型通りのことしか云はないし云へない、官僚社会・企業社会のなかのイエスマンの一人にすぎない。

アーレントは米国に帰国した後、レポートを書かうとしますが、なかなか筆を執ることができません。彼女は自室でソファに横たはり、さかんに紫煙をくゆらせます。同じくヘビースモーカーの私としては共感を禁じ得ないシーンでした。彼女は大学での講義のさなかにも学生に断つて喫煙する人です。冒頭のシーンでも、アイヒマンを拉致する夜道の暗がりが、次のシーンでは、彼女の煙草の煙のたちこめる自室の暗がりに連結して行くのです。

アイヒマンの死刑判決が出て、アーレントはやうやく思い決めたやうに書きはじめます。それは厖大な裁判記録を読むのに時間がかゝつたといふこともあつたでせうが、彼の罪状が決定されたときに、はじめて裁判の全体に対する異議の構想がまとまつてきたからだつたでせう。

それは一つには、死刑にも価しないアイヒマンの「悪の凡庸さ」といふことで、アーレントはこれをレポートの前面に押し出します。『イェルサレムのアイヒマン』の副題が「悪の凡庸さについての報告」であるのはよく知られてゐることでせう。

アーレントはこれを口をきはめて非難します。凡庸さが我慢ならない人といふのはゐるものです。でも彼女はアイヒマンが凡庸でなかつたのなら納得したのでせうか。私にはアイヒマンが悪の凡庸さを示してゐようとゐなからうと、どうでもよいことのやうに思はれます。彼女はたしかにそれを前面に押し出しました。しかしそれはナチスとかゝはつた「ユダヤ人評議会」の問題を、つまりはイスラエル国家への批判を公表するための隠れ蓑だつたのではないでせうか。

こゝは大事なところなので、近刊の中山元さんの大著『ハンナ・アレント〈世界への愛〉』から、アーレントが叙べたこの問題の該当箇所を引いてみます。

「アイヒマンは移送されるユダヤ人を選別したと告訴されていたが、選別したのはユダヤ人評議会だった。ハンガリーのユダヤ人評議会のカストナー博士は、「四七万六〇〇〇人を犠牲にし、正確に一六八四人を救った」のだった。そして救われたのは共同体の役員、「最高の名士」たちだった。「犠牲者自身が協力しないかぎり、数千人ばかりの人手で、しかも大部分は事務室で働いているというのに、何十万もの他の民族を抹殺するのは不可能だったのは間違いない」と言わざるをえない。」（こゝで引用されてゐるのは『イェルサレムのアイヒマン』です。）

世の中には「それを云つちやオシマヒよ」といふ事実があります。右に要約されたやうな事実は、その代表的なものでせう。アーレントはそれを臆せず、「フリッパントな語り口」（加藤典洋「語り口の問題」に出てきました）で語ります。

彼女には収容所体験があり、戦時下のシオニズム組織と共闘した経験もありますから、ある程度「ユダヤ人評議会」のことは知つてゐただらうと思ひます。その詳細を裁判における被告の供述と多くの証人の証言との照合によつて、はつきりと認識できたからには、重要な事実としてレポートしないではゐられなかつたのです。

これによつてアーレントは誹謗中傷の集中砲火を浴びることになりますが、それによく堪へ、反撃します。非難は一般のメディアからだけやつて来たわけではありません。彼女と交流の深かつた良心的なユダヤ知識人からも来たのです。たとへばカフカやベンヤミンとのかゝはりで有名なゲルショム・ショーレム（映画には出てきませんが代表的なものとして引いてみます）は、次のやうに叙べて彼女を批判します。

「ユダヤの長老たちが――あるいは彼らをどのように呼ぶとしても――あの状況のなかでどのよう

な決断をするべきだったのか、今日のわたしたちの誰が述べることができるでしょうか。わたしはあなたと同じくらいこの問題について調べてきましたが、いまだにはっきりしたことは言えないのです。」（前掲、中山著での引用）

ショーレムは永遠に「はっきりしたことは言」はなかつたでせう。それが「正しい立場」だと信じこんでゐるからです。アーレントはそんな「立場」に対して、はつきりと「ＮＯ」を突きつけたのだと思ひます。

つまり、アーレントはたつた一人で、その言説の力で、イスラエル国家の正当性のプロパガンダとして企画された、このアイヒマン裁判といふ茶番劇を粉砕しようとしたのだと云つていゝでせう。もちろんそれは成功せず、やつてきたのは非難の嵐ばかりだつたやうですが。

私にはどうもよく解らないのですが、この映画が連日超満員なのは、ナチスのユダヤ人差別、ホロコーストを批判する〈良心的〉な映画だと思はれてゐるからではないのでせうか。さうだとすればとんだお門ちがひです。

この映画を批判するとすれば、そのことがはつきりと描かれてゐないといふことになるでせうか。しかし現在でも、いな現在ではいつさう、と云つたはうがいゝでせうか、イスラエル批判を前面に押し出した作品は公開できないだらうと思ひます。ましてこれはドイツ映画ですから、トロッタ監督はよくがんばつたと云へます。イスラエル国家と、それを強力に支援する米国のユダヤ・ロビーは健在で、パレスティナ問題、中東問題には、それから半世紀を経て解決の緒口《いとぐち》さへ見えないのですから。

ユダヤ人であつたにもかゝはらず、あるひはユダヤ人であつたがゆゑに、勇気をふりしぼつて蒔かれた彼女の種は、実を結んではゐないのです。二十一世紀初頭、つまり現在は、テロの時代――より正確には対抗テロの時代ですが、それをもたらした大本の問題がタブーになつてゐては、この時代は変りやうがありません。

映画の最後、大学から辞職勧告されたアーレントは、弁明のための公開講義を行ひます。こゝでも彼女はアイヒマンの「悪の凡庸さ」について、また自立的思考の重要さについて熱弁をふるひます。しかし、たちまち質問がとびます。

「先生は主張してゐますね。ユダヤ人指導者の協力で死者が増えたと」
「それは裁判で発覚した問題です。ユダヤ人指導者は、アイヒマンの仕事に関与してゐました」
「それはユダヤ人への非難ですよ」
「非難など一度もしてゐません。彼らは非力でした。でも、たぶん、抵抗と協力の中間に位置する何かは……あつたはず。この点に関してのみ云ひます。違ふ振る舞ひができた指導者もゐたのではと。……そして、この問ひを投げかけることが大事なんです。ユダヤ人指導者の役割から見えてくるのは、モラルの完全なる崩壊です。ナチが欧州社会にもたらしたものです。ドイツだけでなく、ほとんどの国にね。迫害者のモラルだけではなく、被迫害者のモラルも」

みごとな応答だと思ひます。「モラルの崩壊」の延長上に誕生したイスラエルは、モラルを再建しなければならない。さうアーレントは云つてゐるのです。

この講義を聴いてゐたハンス・ヨナスといふ人――ユダヤ人哲学者でアーレントの親友、さきの壮行会でアイヒマン裁判を肯定してブリュッヒャーと対立してゐたのもこの人でした――は、階段教室を出ようとする彼女を、「あなたはユダヤのことが何もわかつてゐない。我々はショアー（ホロコースト）の共犯者なのか」と難詰して絶交を申し渡します。

アーレントはメディアからの誹謗中傷のほかにも、同じアパートの住人から、「地獄へ堕ちろ、ナチのクソ女」と書かれた手紙を受け取つたりもしますが、そんなことよりも親しいユダヤ知識人との訣別は大きな痛手だつたでせう（たゞしハンス・ヨナスとは生涯交友を保つたやうですが）。また、彼女は「組織的な抗議運動」にさらされたと語つてゐますが、この「組織」が何を指すかは云ふまでもないことです。

その強圧に耐へられたのは、彼女の勁い性格とともに、この当時の米国に自由な空気が溢れてゐたこともあつたでせう。時あたかもケネディ大統領の時代、キューバ危機の直前にあたります。ケネディはイスラエルの核開発に反対するなど、ユダヤ・ロビーに抗した唯一の米大統領でした。ある講義のあと女子学生から、亡命した米国での第一印象を問はれて、アーレントは一言、「パラダイス」と答へます。収容所生活をくゞり抜けてきた彼女からすれば当然の感想だつたとしても、印象的なシーンでした。

ところで、これを書くために邦訳『イェルサレムのアイヒマン』（大久保和郎訳）を卒読しましたが、その悪訳には辟易しました。副題にある「悪の凡庸さ（The Banality of Evil）」を「悪の陳腐さ」と訳すセンスにも肌に粟が生じますが、意味不明の箇所があまりに多いのです。さらに「フリッパントな語り口」も余り反映されてをらず、たぶん金井美恵子のエッセイのやうな文体で書かれてゐるのだらうなと想像するばかりです。アーレントがわがくにで読まれてこなかつたとすれば、この翻訳のわるさに多くの原因があるだらうと思ひました。中山元さんのやうな人が訳し直されれば、ずゐぶん違つてくるのではないでせうか。この映画による関心の高まりが、そのきつかけになつてくれればいゝのですが。

Hさんのところでは映画がかゝらないだらうと思ひ、紹介がてら、余計な感想もしたゝめてみました。

〔会話引用部分は映画パンフレットに採録されたシナリオに拠りました。〕

（「ライデン」5号・14年1月）

ぼろぎれの生

——勢古浩爾『石原吉郎——寂滅の人』

石原吉郎といふ名前から私が想ひ浮べるのは、「ぼろぎれの生」を送つた詩人の像だ。同じシベリア帰りといふことで並び称されることの多い著作家・内村剛介などは、どこまで行つても、あへて云へばシベリアの強制収容所の独房においてさへ、エリートであつて、石原のやうな「ぼろぎれの生」とは無縁の人であつたやうに見える。

戦後詩人で云へば、黒田喜夫は石原と同じ側の人だと思へるが、谷川雁などは明らかに内村の側、つまりどんな手ひどい挫折をかうむつた後でも、エリートとして生きられた人ではないだらうか。そのちがひは、出自、経歴から多くやつてくるだらう。だが、それがすべてでは、むろんない。

勢古浩爾はこの著書で、それを「存在の原質」といふ言葉で称んでゐるやうに思へる。石原においてその原質は「極度の存在不安」として現れた。出自、経歴からすれば、それは幼少時の生母の死といふ喪失体験からはじまり、軍隊生活を経たシベリア抑留によつて増幅されたことになる。「「極度の存在不安」に脅えていた少年、詩に熱中した少年、貧窮のなかで一人黙々とルターの注解を読みつづける姿を理想とした少年、はるかロシアの奥地の密林のなかの河のほとりで、無言の

ままじっとうずくまっていた少年（以下略）」（第八章）

勢古がそこに着目したのは、自分のなかからも存在不安に脅える「少年」がいつまでも消えず、そこに自分の「存在の原質」を認めざるをえなかつたからだらう。

彼もまた、石原とは形はちがつても、「ぼろぎれの生」を送る人であり、それを果てまで生きるとはどういふことかを、石原を論じることで確かめたかつたのではないだらうか。

石原が書いた文のなかで、私がもつとも異和を感じるもののひとつに、次のやうな文がある。

「私が理想とする世界とは、すべての人が苦行者のように、重い憂愁と忍苦の表情を浮べている世界である。それ以外の世界は、私にはゆるすことのできないものである。」（「一九五六年から一九五八年までのノートから」）

私などの思ひとは真つ逆さまのことが云はれてゐる。

いくらか註釈すれば、このノートが書かれたのはシベリアから帰国して数年後、時空変容のまつたゞなかでの錯乱の時期から、ゆらゆらと揺れるシベリアの時空と戦後日本の時空といふ天秤が、石原の中でしづまりつゝあつた頃である。

勢古はこのやうな最悪の石原をも救抜しようとする。メランコリーに襲はれずにはゐない「ぼろぎれの生」には、そんな言葉を呟かざるをえない一季節があるのだ――さう云つてゐるやうに思へる。

「中学を出るころハイネを生田春月の訳で読んだのがきっかけで、一時期春月の詩を耽読した」といふ石原の年譜的記述から、春月の「誤植」といふ詩を聯想する箇所がある。

「「我は世界の頁の上の一つの誤植なりき。」という言葉を石原は自分のことのように読んだのではなかっただろうか。世界から遠い場所で思い切り両端に張られた存在と存在性、いわば場ちがいな場所にまぎれこんで難破しかかっている自分。律動への憧憬と滅亡への意志。」（第五章）

旧制中学を出る満十七歳の頃にすでにこのやうな「存在と存在性」を自覚してゐたのであれば、苛酷なシベリア体験も、帰国後の時空錯乱の体験も、石原にほんたうには何も付けくはへることがなかつた、とも云へる。

「ひとと共同でささえあう思想。ひとりの肩でついにささえ切れぬ思想。そして一人がついに脱落しても、なにごともなくささえつづけられて行く思想。おおよそそのような思想が私に、なんのかかわりがあるか。」（「一九六三年以後のノートから」）

これはふかい共感とともに読んだことのある言葉だ。石原の単独者の思想の究極の表現がこゝにはある、と思つた。しかし勢古はさうではないと云ふ。

「石原には「ひとと共同でささえあう思想」に向き合う「一人」の思想（単独者の思想）はなかった。石原には「ひとと共同でささえあう思想」に背を向け、そこから脱落していく「石原吉郎」という〈私ひとりの思想〉への想いだけがあった。この「石原吉郎」という思想は共同性とけっして対峙することがなく、それゆえいかなる普遍性ももちえないことによって「一人」の思想からも脱落せざるをえない。ただ石原はそれを単独者の思想と見紛ったのだ。」（第四章）

批判してゐるのではない。「ぼろぎれの生」——つまり「単独者の思想」からも脱落する、人間として最低の境位がわからなければ、文学など云々するべきではない、と云つてゐるのだ、と私には思へる。

七七年の石原の急死後、内村剛介は「死んだのである、石原が。」といふ、ふざけた一文で始まる石原吉郎論（『失語と断念』七九年）をものした。そこにはこんな文が見える。

「石原の晩年は（あるいはその生涯は）痛切であるとわたしは書いた。彼がドストエフスキーと同じ表現で自由と神を語ること自体、彼の「位置」、彼の「断念」がついに何ものであったかを示している。だから痛切だというのである。とはいえ、痛切だとはいっても、それは彼自身にかかわることなのであって、わたしの知ったことではない。」

自分（表出主体）にとつて痛切でないものを、日本語では「痛切だ」などとは云はないのである。勢古は控へ目に「内村剛介の石原吉郎論をわたしは全体としてあまり喜ばなかった」（第三章）と書いてゐるが、こんな日本語の生理をわきまへない、内容至上主義の、自己表出性に乏しい駄文が無価値であることは、内村も寄稿者であつた「試行」連載の吉本隆明『言語にとって美とはなにか』（六五年）に縷々叙べられてゐるところだ。

「シベリヤの密林《タイガ》は、つんぼのような静寂のかたまりである。それは同時に、耳を聾するばかりの轟音であるともいえる。その静寂の極限で強制されるもの、その静寂によって容赦なく私たちへ規制されるものは、おなじく極限の服従、無言のままの服従である。（略）

ひとつの情念が、いまも私をとらえる。それは寂寥である。孤独ではない。やがては思想化されることを避けられない孤独ではなく、実は思想そのもののひとつのやすらぎであるような寂寥である。私自身の失語状態が進行の限界に達したとき、私ははじめてこの荒涼とした寂寥に行きあたった。衰弱と荒廃の果てに、ある種の奇妙な安堵がおとずれることを、私ははじめて経験した。（略）

私の生涯のすべては、その河のほとりで一時間ごとに十分ずつ、猿のようにすわりこんでいた私自身の姿に要約される。のちになって私は、その河がアンガラ河の一支流であり、タイシェットの北方三〇キロの地点であることを知った。」(「沈黙と失語」七〇年)

失語の底から絞りだされた、この正確で美しい石原の文を引いたあと、勢古は叙べる。

「「つんぼのような静寂のかたまり」であると同時に「耳を聾するばかりの轟音」でもあるようなシベリアのタイガのなかの、ゆるやかに流れる河のほとりにじっとうずくまって、無言の想いを北の方角へ向けて静かに流しているようなひとりの小さな人間の姿、あるいはひとつの存在。それはほとんど幻のような光景だ。(略)

石原吉郎の生涯のすべてが、「その河のほとりで一時間ごとに十分ずつ、猿のようにすわりこんでいた」姿に要約されうるという石原の言葉に倣っていえば、石原が残したラーゲリに関するエッセイのすべてがこの文章に要約されうるかもしれない。」(第二章)

本作は勢古が九〇年代に、四十代にしてはじめて手がけた「幻の処女作」だと云ふ。石原の「ぼろぎれの生」が、勢古の「ぼろぎれの生」によつて酬はれたやうに、勢古もまた何度もかへりみることのできる原点をもつたことによつて酬はれたと云ふべきだらうか。

(同書は言視舎刊・二〇一三年/「飢餓陣営」40号・14年3月)

揺らぎのなかの生と大地

――映画『ゼロ・ダーク・サーティ』と評論集『パリ、メランコリア』

『ゼロ・ダーク・サーティ』（キャスリン・ビグロー監督・二〇一二年）は不快な映画だ。

この映画は、ＣＩＡ（米中央情報局）が九・一一同時多発テロ以後十年をかけて、首謀者とされるウサマ・ビン・ラディンの隠れ処をつきとめ、米海軍特殊部隊の突入によつて殺害するまでを描いたノンフィクション仕立ての劇映画だ。

キューバ島グアンタナモ収容所でのアルカイダ構成員の拷問シーンにはじまり、それを緒口に徐々にウサマに繋がる環が浮び上がる。映画のヒロインとなる若い女性情報局員が、自爆テロによる同僚の死に触発され、つのる執念でその環をたぐり寄せる。

しかしそんなハリウッド好みのサクセス・ストーリーも、冒頭の、充分に酷いけれども、実際にはもつと酷かつたであらう拷問シーンに照されることで、暗くいぢけた影を帯びる。さらにはシールズと称ばれる特殊部隊が登場するにいたつて、その暗さは焦点を結び、米国の現在をおほふみじめな暗さにまで拡大される。

三十分ほどもつゞく、特殊部隊の突入からウサマ殺害までのクライマックスを、素晴しく緊張感に溢れたシーンだと観た人もゐるかも知れない。だがそれは誤解でなければならない。シールズの隊員たちは化学戦擬ひの重装備をし、ガチガチに硬直した動作で、ウサマ一族の眠る深夜の邸宅に侵入する（「ゼロ・ダーク・サーティ」とは軍事用語で深夜の零時半といふ意味だ）。対するウサマ一族はほとんど丸腰で、報道では「銃撃戦」が行はれたとされたが、一方的な殲滅を「銃撃戦」とは云ふまい。この重装備と丸腰の対比は、まさに現在の非対称的な世界の縮図そのものなのに、映画はそれに気づかないまゝだ。

しかも隊員たちはウサマ以外にも、一族とみられる四人まで射殺してしまふ。歴史に残る一場面といふには余りにものがなしい、戦場の狂気とも云へぬ、兇悪犯グループによる一家惨殺に近いしわざだ。

映画を離れることになるが、殺害された四人の姓名、素性は瞭らかにされてゐないやうで、ウサマにしても写真一枚公開されず、その日のうちに水葬されたと云ふが、その映像すら非公開のまゝだ。つまり疑へばいくらでも疑へることになつてゐる。さらに、邸宅にゐた多くの子供たち、一人を除く女性たちは殺害されなかつたと云ふが、これだつて疑はしいことだ。三年経つた今も彼らの消息が何ひとつ聞えてこないからだ。

ウサマの邸宅はパキスタン北部アボタバードの同国陸軍の拠点の近傍に位置してをり、映画ではパキスタン軍の出動までに邸宅を脱出するといふサスペンス仕立てとなるが、そんなばかな話はあるまい。いくらレーダーに映らないステルス・ヘリに乗り侵入したと云つても、四機のうちの一機が墜落し、機密を知られぬために爆破するといふやうなことをしでかしながら、すぐ傍のパキスタン軍が気づかぬわけがない。自国の領土に侵入され不法な殺人をゆるしても、軍には出動できない理由があつた。パキスタンは政府と軍が一枚岩ではないが、政府が米国とした取引が、軍をも従はせる何かをもつてゐたと想像するしかない。

また、複雑な構造の邸宅は五、六年前に建設されたといふが、それがパキスタン軍の庇護なしで出来たはずもない。事件後、政府は一応の抗議をしたが、米国からは何らの公的な返答もなく過ぎたやうに記憶する。つまり、何ヶ月か前にウサマの隠れ処が発覚してから、米国とパキスタン政府・軍の間に熾烈な交渉があつたことは瞭らかなのだ。

右のやうな疑惑に、この映画『ゼロ・ダーク・サーティ』は、また米国は、何ひとつ答へてゐない。だが私が不快だつたのは、それ以上のことだ。

映画はこゝにある非対称的な世界の縮図に気がついてゐないと叙べた。なぜ気づかないかと云へば、彼らがウサマをまるで神のやうに思ひなし、畏れてゐるからだと思へる。なぜさうなるのか。最後にちらとしか登場せず忽ち射殺されてしまふウサマの影が、この映画全体をおほひ、ヒロインの若い女性情報局員も、その他の局員、兵士たちも、この巨きな影の操り人形のやうだ。しかもそのやうな構図をつくり上げてゐるのは、ウサマではなく、彼ら自身であり、また映画製作者たちの無意識なのだ。

ウサマを殺したつて、テロは収まる道理もなく、かへつて増殖するだらう。第二、第三のウサマは既に現れてゐる。そんな現実を拒否しきれるわけもないのに、ウサマといふ「神」を殺害しさへすれば、米国史上最長の十年にも及ぶ「戦争」に、決着はつかないまでも、大きな前進がもたらされるはずだと信じこみたい、そんな彼らの無意識の願望が、やりきれなく不快なのだ。

それを嘲笑ふかのやうに、報道は少なかつたやうだが、数ヶ月後の八月、アフガンで米軍ヘリがタリバンの謀略に遭つて撃墜され、三十八人が死亡してゐる。そのなかの二十二人は特殊部隊シールズの隊員だ。ウサマ殺害作戦に加はつた隊員はその中にゐなかつたといふが、ほんたうのところはどうだらうか。


「Justice has been done. とオバマは断言した。また、オバマは、アメリカはこうと決めたら遂にやり抜くと語った。正義が暴力の正当性に憑依するというもうひとつの暴力が出現したひとときである。私事に即するなら、通勤前の France 24 チャンネルは、イスラマバードの郊外の隠れ家でウサマ・ビンラディンがアメリカ軍の特殊小部隊の奇襲によって殺害されたと伝え、一日中このブレーキングを反芻した。その日、ipod から流れるパティ・スミスの Trampin のバラードをビンラディンへの哀悼歌のように聴いた。タイムズ・スクェアでアメリカ人たちが無邪気に小躍りする映像があった。オイルと世界権力との交差する極致における死線をビンラディンは歩き続け、砂漠には、やはり、デッド・エンドしかなかった。ビンラディンが水葬された映像は公開されず、射殺の場面をめぐって、いくつかの憶測が交錯した。関連諸国の確執は深まり、報復テロが頻発した。／正義とは何か。誰が正義を断言し得るのか。」(「有責論序説」)

これは宗近真一郎が評論集『パリ・メランコリア』(思潮社・二〇一三年)で、「日にち薬では癒されない傷を世界に刻」んだ二〇一一年の出来事の一つとして、ウサマ殺害事件に言及した文だ。

「正義とは何か」――こんな混迷の度を越して今では腐蝕してしまつたやうな問ひを、彼はほんたうはさし迫つた問ひなのだと、我々に突きつける。

わがくにでも話題になつた『これからの「正義」の話をしよう』（邦訳二〇一〇年）のマイケル・サンデルの「正義」は間違つてゐる。ハンナ・アーレントの「正義」も、今では失効してゐる。前者は「多元的社会の正義の乱立」を結局は一元化し、「ビンラディン殺害の「正義」」へと行きつくことをとゞめられない。後者のアーレントは、前者と「背中合わせ」の関係にあると彼は云ふが、その複数性擁護と公共性重視の思想は、とりわけ九・一一以後の趨勢のなかで、表むきだけの「正義」として天ぷらのやうに浮き上がつてゐるやうに見える。宗近はそれについてこんな言葉で語る。「アメリカ的多元性は、そのファンタズムを相乗することによって「二人」であることを禁圧した。多元性（不一致）がフィクションだという意識が強要され、一元性（一致）への志向も空転して、順応（服従）のコンテクストだけがリアルだということになる。」（同）

こゝで「二人」とは、「正義」を立てる「ひとり」と、それをたえず審問する「もうひとり」のことだ。「もうひとり」に正義があるわけではない。さうではなく、この「もうひとり」を招喚することによつて、「正義」は「順応」の「正義」ではなく、「責任」の「正義」となる。では「責任」の「正義」とは何か。なぜそれが「オバマの正義」としてメルトダウンしてしまつたのか。

「「自己」は「もうひとり」を孕む。そのように、出来事は出来事の冒険的「現前」において出来事になる。そのように在ることが選択される。その「現前」のために「自己」は審問者を呼び込み、善なるものが悪として現れうるアンチノミーにおいて複数化する。そのとき「非があるもの」が生成し、「自己」は有責性の本質を複数性（一人における二人が還元不可能なかたちで背反的に同在すること）によって乗りこえようとするのである。」（同）

宗近はこの「非があるもの」「有責性」といふ概念を、ハイデガー「カッセル講演」（一九二五年）から得ている。つまり「オバマの正義」とは、この「善なるものが悪として現れうるアンチノミー」をわきまへず、「非があるもの」の生成を「敵」だけに押しつけたところに現れた、と云つてゐるやうに思へる。そこには「責任」の「正義」など何処にもない。

宗近が滞在するパリで遭遇したまう一つの出来事は、云ふまでもなく二〇一一年三月十一日の東日本大震災である。彼は後期ハイデガーの『芸術作品の根源』を援用しながら、次のやうに叙べる。「大地が揺るぎないことはヨーロッパの思想にとって看過しえないほど中核的な前提である。」「大地の格率とは根拠そのものであり、自由の格率でもある。根拠は揺らいではならず、揺るがないからこそ根拠であり、それは世界定立の中枢にある。逆にいえば、ヨーロッパの自己意識は、揺らぐという表象は周縁性にしか在り得ないという信憑と張り合わされている。地震からリモートであることはヨーロッパの中心性のエビデンスなのだ。」（「揺らぎえない大地の揺らぎ」）

彼がそこで衝撃と共に、そして周囲の反応への異和と共に発見した、ヨーロッパ思想が無意識の前提としてきた大地の不動性への信憑――それは根拠のないものであり、それゆゑ不安の潜在なしにはありえないものだ。この不安の露頭する兆候を、彼は鋭敏に嗅ぎわける。

「揺らぎえない大地」が揺らぐといふ出来事――それはヨーロッパの現実において、遠い波動のやうなものに過ぎないのかも知れない。けれど、この大地の不動性への信憑が生み出したヨーロッパ思想は、極東の近代日本に遠い波動どころではない強烈な影響をあたへつゞけてきた。

彼は別の論考で、その捻れのあからさまな露出を、震災直後に語られた中沢新一、内田樹、佐々木中らの言説に看てとり、痛烈に批判する。

「彼らが語るのは、フランス語でも日本語でもなく、地震の錯乱に直面しても失われない言葉としての「異語」なのである。それは、地震をめぐる言説において、主体を空位に置き、他の誰かに何かを語らせることによって、「日本」に在るという拘束を解いた。繰り返すが、「異語」は日本語でもフランス語でもない。あえて定義するなら、血肉化された「フランス的思考」によって憑依された日本語である。」(「生成する「異語」をめぐって」)

しかもこの「フランス的思考」はランボー以前の、錯乱を知らない普遍主義の安定を装はれてゐるのである。私ならひと言その「無責任」さを罵倒して済ましかねないところだが、宗近は粘りづよく鋭利であり、また緻密である。それは彼が罵倒では済まされないヨーロッパの「揺らぎえない大地の揺らぎ」のなかを生き抜いてきたからだらう。

であるから彼において「異語」は両義的であり、なまなかな解読をゆるさない。だが、「揺らぎえない大地の揺らぎ」の副題「傷だらけのヨーロッパをめぐって」が示すとほり、我々の観てゐるヨーロッパとは異ふ傷だらけのヨーロッパがそこにあること、また、傷だらけの日本がそのヨーロッパと「接近遭遇」することには大きな必然性があること――そこに彼は逆説的な希望を見出してゐるやうに思へる。

「……日本の昨今の激震(大震災だけではなく、中国の台頭、中流の崩壊、政権の弱体化などを含む)

は経済の世界連関としてよりも、大地の揺らぎをめぐる近代性の臨界をヨーロッパに突きつける筈である。その意味で、ヨーロッパと日本との接近遭遇はこれからの課題であり、お互いの創痍に被覆される友敵の根拠が手探りされ、戦後初めて、日本がアメリカニズムから脱却する契機が見出されるのかもしれない。」

宗近真一郎は今年になつて、パリから南ドイツ・シュトゥットガルト近郊の町へ、ビジネスマンとしての滞在の場処を移したといふ。その渦中からの、さらに深い思索による報告を心待ちにしてゐる。

（「飢餓陣営」41号・14年11月）

青の襲撃

――「矢野静明――種差 Enclave 展」に寄せて

1

いま東京では晩夏の蟬が喧しく鳴いてゐる。青森・八戸市美術館の「矢野静明――種差 Enclave」展のオープニングは八月二十二日のことで、それから三日間、ダンス・パフォーマンスとトーク・イベントがあり、そのほとんどに立ち会ふことができた。会期はまだつゞいてをり、九月十五日のクロージングまで、三階建ての美術館の壁面を矢野静明の絵画が埋めてゐることを想像すると、なにか東京と八戸が長く細い線で繫がつてゐる感じがする。

イベントの合間を縫つて観光タクシーで廻つた種差海岸は素晴しい海景だつた。何かの遺跡を壊したやうな大小の岩屑の堆積が波に洗はれ、その向うにはゆるやかにうねる海の青があつた。初めて見る海景なのに、そんな気がしなかつた。

しばらく前に、「月の膚のやうなデブリ」と書きつけたのだつた。それは「岬にて」といふ詩の末尾でだつたが、そのデブリの散乱する海岸が何処なのか訝しかつた。種差がさうだつたのだと知つて心が慄へた。

その種差をモチフとした、美術館一階の奥の壁一面を使つた大作「種差」二十八連図は、展示する前日まで手を入れてゐたものだと画家本人から聞いた。主催者であり企画展キュレーターでもある豊島重之によると、展示したての頃は「濡れた青」が際だつてゐたが、しばらくすると乾いてきて、「青の底から線描がもがき出てきた」とのこと。私が観たのはまだ「濡れた青」の時期といふことになるが、底に沈んだ線描はすでに私を攪乱するに充分だつた。

矢野静明の独得の質感をもつた「青」――彼はそれを「背後から襲ひかゝられるやうな不安な色」と叙べたことがある。それは観る者からすれば、体全体が吸ひこまれるやうな不安な色に変はるだらう。それを壁一面の大画面で観ることは、歓びと共に大きな緊張をしひるものだつた。

我々は大きな破壊の後の時代を生きてゐる。東北の太平洋岸を歩くと如実に感じられるそれは、直近の震災・津波にかぎられるものではない。自然による、人為による破壊が、ぶあつい時間の堆積となつて折り重なり、それを感じる「私」は、いつでもその「後」にゐるのだ。

「青」の底に沈み、そこからもがき出てくる矢野の線描は、その破壊の後にある生の露出であり、その傷に充ちた美は、そんな歴史の残骸でもあつて、我々はその厖大な沈黙を受け容れるほかない。

その線描は夥しい文字の連結ともなる。それは子供が地面に無心に描いた絵とも文字ともつかない文様のやうでもあり、我々は存分に楽しむことができる。だがそれがまた、あたり一面に撒き散らされては消えて行くこの時代の言語を、潔癖に拒否してゐることも忘れてはならないだらう。

私が矢野静明を知つたのは、鋭利なモダニズム批判の書き手としてだつた。「「新しさ」の休むことなき更新を基底に置く」（矢野）だけのモダニズム藝術の脆弱性への熾烈な批判は、その実作に困難をもたらさずにはゐなかつただらう。とはいへ、どのみち我々の藝術はモダニズムから逃れられない。さうであれば、彼は熾烈なモダニズム批判としてのモダニズムを、藝術と反藝術、絵画と反絵画の狭間でつらぬくほかないだらう。その大きな成果がこゝにあると思つた。

2

「顔は内臓の裏返つたものだ」——美術研究者の石川千佳子がトーク・イベントの最後で語つた言葉が印象にのこつてゐる。

かつて東京藝大で受講した三木成夫の口癖だつたといふその言葉を想起して、石川は矢野の絵画を、「内臓を裏返すかたちで表はれたもの」と叙べたのだ。三木によれば、心臓を中心とする内臓は植物神経系であり、脳を中心とする感覚器官は動物神経系であつて、人間の心の状態は内臓に多く依存してゐる。それが表面に露出したものが顔なのだ。つまり人間とは植物と動物の織物であり、この織物がほどけるのが〈病気〉であれば、ほんたうは心の病ひと体の病ひを分けることなどできない。

石川は矢野の初期作品を初めて観たときの印象を、「精神が崩壊しかけてゐる、異様な迫力を持つものだつた」とも語つてゐる。私は未見だが、その代表的なものには〈アルトーの肖像〉と名づけられたものがあつたといふ。矢野の現在の絵画はそこから〈帰還〉するものであつて、それはとても稀有な例なのだとも語られた。

矢野はたぶん今も〈帰還〉のさなかにあり、どこにも辿りつくことのない〈帰還〉するといふ行為をくりかへしてゐるに違ひない。それは二〇〇七年作の「男の肖像」（1、2）に如実にみられるやうに、内臓を裏返したやうな顔を造形することともなり、動物から植物へ体を捻ぢるやうに喰ひこむこと、心と脳の統合へ這入つて行く行為にもあたるだらう。

これら八戸市美術館を埋め尽した作品群は、『矢野静明作品集成』（ICANOF、14年8月刊）に美しい製版で収められてゐる。


（「ライデン」7号・15年2月・〈1は「デーリー東北」14年9月9日付掲載稿の異稿。2は新稿〉）

行き場のない苦悩の表情
——映画『昭和残俠伝　死んで貰います』

偏愛する映画は誰にでもあるものだらうが、私のばあひ、そのうちの一本が一九七〇年九月公開、高倉健主演の『昭和残俠伝　死んで貰います』（マキノ雅弘監督）といふことになる。初めて観たのは、封切りだつたと記憶するが、新宿昭和館でだつたか早稲田松竹でだつたか、はつきりしない。四十四、五年も前のことだ。

その頃からの数年が、もつとも映画を観てゐた時期にあたる。他にすることがなかつたのだ。たまに大学に行くことはあつたが、もつぱら麻雀の面子を探すためで、ほとんどの時間を下宿にひき籠つて過した。金を稼ぐためのアルバイトはしてゐた。前年末から年初にかけての授業再開阻止のための闘争があへなく崩壊した後、そんな空白の時間がつゞいた。二十代に入つたばかりだつたが、生きてゐてもしやうがないやうな気がしてゐた。

高倉健演じる花田秀次郎は、深川の老舗料亭・喜楽の一人息子で、母親を早くに亡くし、頑固な父と継母に馴染めずに家を飛び出しやくざ者になる。映画はいきなり張つた張つたの賭場のシーンからだ。そこで刃傷沙汰を自ら演じ人を殺傷してしまひ、彼は刑務所に入る。

大正十二年九月一日、関東大震災。秀次郎は父と腹違ひの妹が死に、継母が盲目となつたことを知る。妹の夫が再建された喜楽を継いだが、相場に手を出すばかりで店に寄りつかず、仕切つてゐるのは池部良演じる元やくざの風間重吉だ。出所した秀次郎は、重吉に勧められ身分を隠して板場で働くことになる。

この映画には多くの感動的なシーンがあるが、その初めは前科者になる前の秀次郎と、藤純子演じる芸者の玉子、幾江との出会ひだ。大銀杏の樹の下で、傷ついた秀次郎を介抱した幾江は、所持してゐた酒を彼に呑ませる。出所後、いきさつがあつて再会した二人は恋仲となる。とりもつたのは中村竹弥演じる任俠やくざの寺田親分だ。

幾太郎と名乗るやうになつた売れつ子芸者を演じる藤純子はした丶るやうな美しさ、所作も見事で、当時高倉健とは何本もの共演作があつたが、この作が頂点だつたのではないだらうか。

幾太郎は秀次郎を徹底してかばふ。かばふのは秀次郎が弱い存在だからではなく、強さを発現させないためだ。訪ねてきたやくざに、以前の喧嘩の落し前を付けるために手を刺されさうになつたとき、部屋の外にゐた幾太郎はいきなり前に出て秀次郎をかばひ、刺すなら私の手を刺してくれと云ふ。彼女にとつて、彼がやくざに戻つてまた傷害事件を起こしてしまふのが、もつとも恐ろしいことなのだ。

私は一人の女性と付合ひはじめてゐた。同級だつたが、彼女は闘争とは全く縁のない人だつた。付合ひは楽しかつた。新宿御苑の深い樹々のなかを歩きまはつたことがある。真つ白な秋の光を浴びて緑が揺れてゐた。そのときのことはよく憶えてゐる。

寡黙で不器用な秀次郎と芸者幾太郎の関係は、あくまで淡々しく描かれる。たゞ一度、短い逢瀬のあと、店に行かうとする彼に、彼女は早く帰つて来てねと声をかける。同棲をはじめたことを匂はせるシーンだ。

まう一つ印象的なのは、喜楽の宴席に呼ばれた幾太郎が新興やくざの駒井親分に、手籠めにされさうになつたことに気づいた秀次郎が、板場から二階に駈け上がつて子分どもを張り倒し駒井に殴りかゝるシーンだ。

後から駈けつけた重吉に止められ、重吉は秀次郎を殴り、頭を下げさせ、駒井に平謝りに謝る。その場を何とか収めた重吉は、別室で恩人の息子である秀次郎に手をかけたことを泣いて謝る。自分には生きる場処はこゝしかないんだ、堅気で生きるとはさういふことなんだと身を以て訴へるのだ。

ときどき行く定食屋は異様におとなしい中年の夫婦が経営してゐた。必要なこと以外に口を利いたことがなかつた。ある晩、入つて行くと、数人の男たちが呑み喰ひしてゐた。一見してやくざ風とわかつた。店主はそのなかに坐り、俯いて注がれるまゝ黙つて酒を呑んでゐた。男たちは周囲をかまはず呑み散らかして、勘定もせず帰つた。腕つぷしの強さうな店主だつたのだ。その不自然さが印象にのこつた。私と目が合つて、申し訳なささうな表情をした。

この当時の東映・やくざ映画は〈我慢くらべ〉の映画だとよく云はれる。理不尽な暴力を使つて勢力を拡大しようとする新興やくざに、伝統的なシマを守つて民衆にも慕はれる任侠やくざは終始劣勢で苛め抜かれる。『死んで貰います』では、その後の高倉健が演じる元やくざの主人公を先取りして、「新興やくざ」対「板前となつた秀次郎と重吉」の落差はさらに激しい。それでも二人の見交はすだけで心底を察してしまふ男同士の共感・共苦は快く、駒井組の陰湿な嫌がらせを凌いで、〈我慢〉はまだまだつゞくだらうと思はせられる。

ところが事態は急転する。形式上の主人だつた妹の夫の失態で、喜楽の権利書を駒井組に取られてしまつたのだ。シマの料亭と堅気になつた二人を庇護する寺田親分は、単身乗り込んで不利な条件を呑み、権利書を奪ひ返すが、その帰り、惨殺されてしまふ。駈けつけた重吉に瀕死の寺田は血塗れになつた権利書を渡す。

その頃、秀次郎と幾太郎は何も知らず、縁日の夜店を楽しんでゐた。

前年に早稲田の一文に入学した私は、たゞの文学青年で、そこが革マル派の牙城であることなど知つてゐなかつた。ドイツ語クラスに入つたが、いきなり自治会から派遣された革マルの女性が教室を支配しはじめた。クラス討論が繰り返され、漸く事態が呑みこめたときには、自治会の不正選挙が発覚し、その糾弾の集会に参加してゐた。

クラス討論のなかでも革マル批判をさんざんにやつた。革マル派が民青を暴力化しただけの抑圧権力だといふことが、その頃にははつきりわかつたからだ。クラスのなかで小さなグループをつくつて活動を始めることにもなつた。

あるとき文学部の構内を歩いてゐて、革マルの学生に呼び止められた。自治会室に来てくれ、といふことだつた。イヤな予感がした。その男が威圧的でなく、少しでも明るさがあれば随いて行つたかも知れない。断つたが押し問答となつた。

事情を聞いた秀次郎は、恩人の寺田が殺されたことで、忍耐の限界を超えたことを知る。重吉も同じ思ひで短刀の封印を切つてゐた。二人は並んで駒井組に斬り込みに向かふ。「唐獅子牡丹」の主題歌が流れる、お馴染みのシーンだ。

この作に限らず、「昭和残俠伝」シリーズは高倉健と同じほど池部良の映画であつて、孤立した男のかなしみ、歎き、困惑を全身で表現して比類がない。高倉健はそれに共振して、行き場のない苦悩の表情とでも云ふべき、絶妙の演技をみせる。二人の黙劇が、死出の花道を用意し、その道を抜けたところに最後の舞台が幕を開ける。

そのときHさんといふやはり革マルの女性が来て、割つて入つてくれた。Hさんは大阪の高校の一年先輩で、なぜか私のことを知つてをり、以前に構内で出くはして、共通の友人がゐることもわかり親しく話した。誘はれて断りきれず学内デモに加はつたこともあつた。——この人はそんな人ぢやないのよ、と彼女は云つた。〈そんな人〉が中核や解放派の人、スパイ、シンパ、といふ意味だと、そのときの私にはつきりわかつてゐたかどうか。

二年ほど後の七二年の秋、K君といふ一文二年の学生が、同じやうに構内で呼び止められ、自治会室に拉致され、リンチを受けて殺されるといふ事件が起こつた。中核派のスパイと疑はれたとのことだつたが、彼はノンセクトの正義感だけがつよい学生だつたやうだ。私もまたあのとき、K君と同じやうな目に遭つてゐたかも知れないと慄然とした。

殺されたK君と殺されなかつた私。そこにどんな違ひもない。偶然が左右しただけだ。地獄のやうな内ゲバの時代がはじまつてゐた。連合赤軍事件はこの年の二月のことだ。私は直接かゝはらずに済んだけれども、この時代からしこたま影響をうけ、たくさんのことを学んだ。時折りあの時代の体験を自慢げに話す人物に出くはすことがあるが、眉に唾をつけて聞くやうにしてゐる。

映画のクライマックス、斬り込みのシーンがファンタジーであるとはよく云はれることであり、さうには違ひなからうが、そのファンタジーを現実に繋ぎとめるものこそは、重吉の奮戦のあげくのあはれな惨殺死だらう。これがなければ、映画は勧善懲悪の通俗に堕してしまひ、行き場のない苦悩は失はれる。日本刀を鉈《なた》のやうに振り廻す秀次郎の神話的形姿は、それを境に他界の形象を帯びるやうになり、何十人もの男を一本の刀で斬り殺すなどとはありえないことのはずなのに、それを不自然と感じさせないほどの物憑きの行為となる。

その後の高倉健の映画も何本か観たが、私にとつての健サンは、この作に尽きる。『冬の華』『夜叉』など好きな映画もあるが、結局のところ、「昭和残俠伝」の花田秀次郎の残影をばら撒いたに過ぎなかつたやうな気がしてゐる。

（「飢餓陣営」42号〈小特集・高倉健と菅原文太〉・15年5月）

下町の水の光

汝と住むべくは下町の
水どろは青き溝づたひ
汝が洗湯の往き来には
昼もなきづる蚊を聞かん

昨年から刊行されはじめた『吉本隆明全集』をぱらぱら捲つてゐると懐しい文が目にとびこんでくる。右は昭和三十三年に吉本が初めて芥川を論じた文「芥川龍之介の死」に引かれた芥川の短詩「戯れに（1）」である。

吉本と芥川ではずゐぶん資質が異なるが、共通するのは東京の下町育ちだといふことだらう。吉本は「下町に住んだことのあるものは、この詩の「溝づたひ」からどんな匂いがのぼってくるかも、「汝と住むべくは」とかかれた家が、格子窓にかけた竹すだれをとおしてみえる家の中に、下着ひとつになった芥川の処女作「老人」や「ひよつとこ」の主人公のような、じいさんか何かがごろっと横になっている家であることをも直覚せずにはおられないはずである。」と叙べてゐる。

私は大阪の、だから東京とはだいぶ趣きが異ふとはいへ、下町と云つてい丶天満の出なので、芥川のこの短詩のもつ雰囲気はよくわかる。その匂ひがいかに懐しいかも、その世界がいかに人の観念的飛翔を妨げる作用をもたらすかも。この匂ひのする人（必ずしも下町出身者にかぎらない）から格別の人格的な親しみを感じる、などといふ癖も下町出の特徴なのだらう。

ところでこの短詩について、初読のときから、「汝が洗湯の往き来には」の「洗湯」が気になつてゐた。「洗湯《せんたう》」は「銭湯」の旧い表記だから、昼間から銭湯に往き来し、そこで「なきづる蚊を聞かん」といふことになる。

この作の背景をなす大正中期にはそんなこともあつたのだらうか。多忙な主婦が、一日の仕事をはつた夜にではなく、昼間に銭湯に行き、身づくろひを仕直すといふのは、いかにも中途半端で面倒なことのやうに思へる。

私にはこの「洗湯」は「洗場《あらひば》」の誤りではないかといふ疑ひがある。昼に洗濯をするのは茶飯事で、当時の主婦は井戸のある洗場（洗濯場）まで洗濯物を容れた盥を抱へて往復したのである。「洗場」と変へることで、初めて「水どろは青き溝づたひ」も「昼もなきづる蚊を聞かん」も生き、下町の水の光に充ちた情景がたちあがつてくると思へるのだが、どうだらうか。

この短詩は『澄江堂遺珠』（昭和八年）が初出で、編者の佐藤春夫は当時の全集から漏れた遺稿を苦心して判読し、構成したやうだ。その後の芥川の全集類を参看しても「洗湯」とある。生原稿を見てみたいものだが、失はれてしまつたらしい。

「自分を魅するものは独り大川の水の響ばかりではない。自分にとつては、此川の水の光が殆、何処にも見出し難い、滑さと暖さとを持つてゐるやうに思はれるのである。」(「大川の水」大正三年)

下町の水の光は大川(隅田川)に通じ、その記憶が芥川をからうじて現世に繋ぎ留めてゐた。

＊その後、今は亡い詩人菅谷規矩雄さんの『迷路のモノローグ』(一九八一年)を繙いてゐたら、集中の「詩型の長短をめぐる二、三の感想」に、この芥川の短詩が「汝が洗場の往き来には」として引かれてゐることに気づいた。誤植ではなく、菅谷さんが確信犯として、自分の読みを示したと考へたいところだ。

(「萩」9号・15年7月)

——あとがきにかへて

こゝに集めた詩文の多くを掲載する詩誌「ライデン」を、高橋秀明、日下部正哉と私の三人を同人として創刊したのは、二〇一一年七月のことでした。準備を始めたのは年頭からで、最終的には三月二十二日、居住する小樽から所用で来京した高橋さんを摑まへて、その頃は在京してゐた日下部さんと、羽田空港のレストランで最初の同人会を行なつて創刊を決めました。東日本大震災から僅か十日後のことです。その間の事情は「微茫録 二〇一一」にくはしく書きました。この詩誌は、はからずも三・一一以後に何を書くか、何が書けるのか、といふ難問と向き合ふこととなつたのです。四年経つた一五年四月現在八冊を刊行し、この本は同人の一人である私からの経過報告といふことになります。

たゞし冒頭の三篇のみは三・一一以前に書かれたもので、二〇一〇年末に終刊した、安田有主宰の「coto」に掲載されたものです。四篇めの「〔ヴェルテップ＝二重芝居〕」を創刊号のために書き継いでゐた時に大震災に見舞はれ、その渦中に入りこんで行くことになりました。

「ライデン」の巻末には「近況／遠況」といふ欄があり、以下に掲げる短文を記してゐます。

◇三月十一日にはじまる出来事から二ヶ月半が経つて、漸くこの場処にたどりついてゐる。情報をかきあつめ、じぶんに可能なかぎりでは整理したつもりでゐながら、深いところでは言葉を失くしてゐた。それはまだまだつゞくだらう。軽々に言葉にすればするほど嘘になつてしまふ、そんな本質がこの出来事にはあるからだ。しかし見ることをあきらめ、目を逸らしてはならない。人が生きるといふことの価値の高低——それがこれほど大きなコントラストを描いたことはないのだから。この共有された認識は、必ずや我々の歴史に大きな転換をもたらすにちがひない。そのことを信じよう。奇しくもそんな時期——歴史の分水嶺とも云へる時期に、この同人詩誌を創刊することになつた。この現実と組み合ふことの絶望と希望のなかからしか「詩批評」も「批評詩」も生まれえない。遠廻りをいとはず、そのことを追求してゆかうと思ふ。（0号 2011／7）

◇「クリストはイエルサレムにはひつた後、彼の最後の戦ひをした。それは水々しさを欠いてゐたものの、何か烈しさに満ちたものである。」と書いた作家を私たちはもつてゐる。作家が勇を鼓して行なつた「最後の戦ひ」はあざやかなものだつた。その戦ひになぞらへるのはをこがましいといふものだが、その作家を襲つたのとよく似た、世界と自己との亀裂がどこまで走つて行くのかといふ感慨をもつことがしばしばだつた。じぶんにできることなどたかゞ知れてゐる。けれど人々を翻弄する世界と、そんなものはないかのやうに振舞ふ、共同性に侵蝕された人々のはざまで、どうして「蠟燭の火に焼かれる蛾」にならないでゐられるだらう。「行つてお前のその憂愁の深さのほどに　明るくかし処《こ》を彩れ」と書いたのはべつの詩人だつた。（1号 2012・1）

◇わがくにの戦後にもし吉本隆明がゐなかつたら、といふ想像ほど私を慄然とさせるものはない。それがこの三月十六日以降、現実のものとなつた。まるで震災・津波・原発事故後の右往左往しながら沈んでゆくわがくにの現在を看取るやうにして。被災したのは我々の精神だつた。無関心をきめこむ人ほど精神に変調を来してゐるやうにみえるのはそのしるしであり、逆もまた然りだ。それらを包括するのが思想の力だとすれば、この力を恢復するためには、原発事故収束までの歳月ほどの時間を待たなければならないのだらうか。かと思へば、被災者でもないのに災害を歌ふな、などと云つてゐる馬鹿もゐる。古井由吉はある場処で「日本の古い詩歌の多くは、遠い近い災害への感応から、生まれてきたものではなかつたか」と語つてゐる。そのことの困難さに直面しないで、どこに文学があると云ふのだらう。（2号 2012・7）

◇眠る人は眠れ沈める寺に初明り——人知れずさまざまなダメージをかうむりつゞけた下半期だつたやうな気がしてゐる。私なりのしかたでそんな世界に対処していかうと云ひきかせる日々でもあつた。些細な関係の軋轢のなかにこそ全宇宙が埋め込まれてゐる、といふのはかはらぬ信念だが、眠れぬ魂が、だれかの口をかりて、あちこちで悲鳴をあげてゐるのを二重写しにしながら、さらにふかいダメージの底へ、それとたゝかひながらおちてゆく——そんな言ひ方しかできないのは、私のなかでも、だれかの眠れぬ魂が傷口をあけたまゝ、しづまらないからかも知れない。「のりこえのりこえして生はいつも壁のやうな崖にでてしまふ」——そんな昔読んだ詩人のノートの言葉が浮んでは消える。二〇一三年はどんな年になるのだらうか。（3号 2013・2）

◇なにか日本国中がマインド・コントロールにかゝつてゐるやうな気がする。何故かうなつてしまつたのだらうか。またこの雰囲気には既視感がつきまとつてゐる。最近公刊されたある詩人の評論集の屈曲した文を読んでゐて、古色蒼然、といふ感想が湧いた。このやうにも屈曲を重ねないと手応へのある文が書けないのは、古い時代の病理を温存してゐるだけだからではないか。もとめられてゐるのは切断であり転換であつて、それが文の姿に反映しないのはをかしいではないか。みんなが現実だとみなしてゐるものが、ほんたうは少しも現実ではない。そのことに深層心理では気づいて、おほきな時代の不安となつてゐる。そんなときに必要なのは、屈曲ではなく、荒削りな野蛮さだらう。突破口はどこにでもあるのに、わざわざそれを塞ぎに廻つてゐる。そんな病理とは早くおさらばしたいものだ。（六月十四日に記す）（4号２０１３・８）

◇この十一月二十五日に辻井喬さんが亡くなられた。享年八十七。私からすると巨きな活火山のやうに見えてゐた詩人の突然の死だつた。前にも記したことがあるが、辻井さんの詩が私の視野に入つてきたのは、一九九二年の『群青、わが黙示』からだつた。このときすでに六十代半ば。その後二十年余りの時間を、全力で駈け抜けられた。上記の長篇詩集を含む『わたつみ』三部作があり、『呼び声の彼方』『鷲がいて』『自伝詩のためのエスキース』があり、昨夏の『死について』が生前最後となつた。見事なもんだね、といふ感想が浮ぶ。それが多くのものを犠牲にされたうへでの果実だつたことにも気づかされる。それでも様々な意味で〈持てる〉人ではあつたらうが、それだけに喪失の痛みも甚だしかつたにちがひない。辻井さんは一つの時代を創り、次におとづれた時代は彼を呑みこみ、彼の詩はその分厚い時代の層を長い両腕で掘り下げ、そして包み込んだ。詩の力は捨てたものではない。そんなことを思つた。（十二月五日に記す）（5号2014・1）

◇「なぜ軍人は酒にも酔はずに、勲章を下げて歩かれるのであらう？」とは、よく知られた芥川龍之介の言葉だ。軍人や政治家を揶揄したかつたのではない。同業の文士たちの所業を批判したかつたのだ。彼は同じアフォリズム集のなかで、「シャルル六世は気違ひだつた」と叙べたフランスの作家について語る。シャルル六世のことを叙べたかつたからではない。これが書かれたのは大正末期で、訳あつて隠退させられた四十代の天皇の役割を、まだ二十代前半の皇太子が代行してゐた時代だ。かやうな二重性の言語を駆使しなければならない時代は不幸にはちがひない。しかしながら、直截に書くことが、多くの陥穽にはまることのみを結果する話題はいつの時にもあり、我々の作家はみな寓意によつてそれに立ち向つてきた。『復興期の精神』はイタリア・ルネサンスを論じたかつたのではない。「マチウ書試論」はイエスとクリスト教について論じたかつたのではない。同じく「マクベス論」は『マクベス』を論じたかつたのではない。いづれもその二重性によつてこそインスピレーションに充ちた強力な作となつてゐる。気づかれることを待つてゐる作は、おそらく枚挙に遑《いとま》ないことだらう。（6号2014・7）

◇バルザックを知つたら漱石なぞ馬鹿らしくて読めなくなつた。明治時代の作家はよくそんなことを云つたものだ。もちろん馬鹿らしいのは漱石でもバルザックでもなくその作家だつた。それから百年経つのに変らないことを云つてゐる。明治の作家はまだしも邪気がなかつたが、今ごろになつて和合亮一の詩は凡庸でつまらないがパウル・ツェランは素晴しいなどといふことを論証して何か云つた気になるのは、滑稽をとほりこして悲惨きはまる。和合に象徴される三・一一以後のわがくにの詩が数年経つて停滞をあらはにしたことは深刻な問題であつて、軽蔑して済む話ではない。時空を超越したスーパーマンにでもなつた気で現在を否定したいなら、ホメロスかダンテとでも比較したらどうか。さうすれば自分がいかにあさつての方角を向いてゐるかがわかるだらう。この地上に根を張つて、日本といふ頑迷な風土を少しでも変へること、一進一退どころか二退三退になつても、天馬空を行くが如き虚言にとらはれず、「一生を棒に振つて人生に関与せよ」といふわがくにの大詩人の箴言に倣つて、我身大事の収縮にも陥らず、生あるかぎりもがき、報いること。漱石は芥川に「牛の如く歩め」と教へたのではなかつたか。(7号2015・2)

2号の文にふれるやうに、創刊一年後の一二年三月十六日には、永年私淑してきた詩人吉本隆明の死に遭遇し、その追悼文としてしたゝめた「愚禿親鸞」を皮切りに、第二部の論抄を書く継ぐこととなりました。なかには吉本論とは称べない篇もありますが、そこでの私のモチフも、三・一一以後の情況と吉本さんの死を重ねあはせることによつて、それをどこまで遠くに伸長できるかにかゝつてをり、あへてこゝに収めることにした次第です。

私が吉本さんから学んだことは、第一に無意識のつよい促しにしたがふこと、第二に危険地帯に身をのりだすことを恐れないこと、第三に自己表出度の高い文を書くことに要約されます。氏の文から自己表出を削ぎおとし、その思想をわかりやすい図式に還元することに力をそゝぐたぐひの吉本論をみかけることがありますが、大学の講義などには便利でも、私はそんなことで何かが得られるとは思へないのです。人が衝撃をうけるのは、内面のドラマと外部の情況の断層を、心臓を断ち割るやうに表出したものだけです。

詩と批評を併せて収めた本をつくるのは念願でした。詩、小説、演劇、批評のうち、詩を序列第一とするのは吉本さんの持論であり、私どもの「ライデン」も「詩批評／批評詩」をサブタイトルとして（いさゝか羊頭狗肉ぎみではありますが）掲げてゐます。氏は何よりも詩人でした。私にとつて「詩人」とは「革命家」などよりも上位にある概念であつて、そこに「詩をつくる人」といふ意味はあたふかぎり稀少です。右に叙べた三つのことを実現することが、人の無意識を変へ、延いては歴史意識をゆりうごかすことに繋がる——それを信じないで文を書く意味がどこにあるか。私は氏からつねにそんな声を聴いてきました。それが詩が第一であり、詩人が最高位であることの意味であり、私が遺憾なくその称号を冠することができるのは吉本隆明だけなのです。

さう云へば、第二回の同人会は、二〇一二年九月十六日、明大前の喫茶「槐多」で行はれ、その後、待ち合はせた少数の友人を交へ、近くにある和田堀廟所の吉本さんの墓に詣でました。なかなか探しあてられず、初秋のつよい日射しのなかを歩きまはつたのを憶えてゐます。吉本さんにふさはしい小さな小さな墓でした。後で聞いたところによると、遺族の方々によつて納骨されたのはその前日だつたさうです。小樽、福知山、東京と、住まゐの離れた同人であるため、その後、第三回は二年半経つた今も開けずにゐます。

二〇一五年四月　著者　識

――謝辞と追記

宮下和夫さんの仲介により、森下紀夫さんの論創社からこの拙い本を刊行していたゞけることになりました。篤く感謝します。宮下さんは古くからの年長の友人であり、旧弓立社社主として永年にわたり、吉本隆明さんの著書を何冊も刊行されてきた編輯者です。この本に収録された「最後の叡智の閃き」は、宮下さんの編輯により論創社より刊行された『「反原発」異論』を中心に、私の考へを申し述べたものでした。

また、集中の「吉本隆明と原子力の時代」ほか三篇を掲載していたゞいた「飢餓陣営」の佐藤幹夫さん、講演「抒情詩を超えて」の機会を与へられた、アート・プレゼンス（当時）主宰の居上紗笈さん、「吉本隆明の詩的七〇年代」を『吉本隆明〈未刊行〉講演集』「月報」に掲載していたゞいた筑摩書房・豊島洋一郎さん、「デーリー東北」掲載の展評「青の襲撃」の執筆を依頼された「ICANOF」主宰の豊島重之さんに感謝します。

表紙カバーを前記の展評で言及した「男の肖像・1」で飾ることができました。敬愛する画家・矢野静明さんに感謝します。また、第Ⅳ部に随筆「下町の水の光」を追加しました。永年の友人でもある安田有さんのキトラ文庫・古書目録誌「茨」に掲載されたものです。

装幀をしていたゞいた宗利淳一さんをはじめ、このほかにも多くの方のお力添へで、この本は成立してゐます。そのことに深く感謝したいと思ひます。

このやうな本は二度と創れないだらうと思ひます。少しでも多くの方に読まれることを願つてゐます。（一五年九月）

築山登美夫（つきやま・とみを）
1949年10月、大阪生れ。69年3月より東京在住。74年、早稲田大学第一文学部文藝科卒業。出版社勤務の傍ら、詩誌「漏刻」（74—87年）、「なだぐれあ」（87—90年）の編集·発行に携る。詩集に『海の砦』（82年）、『解剖図譜』（89年）、『異教徒の書』（97年）、『晩秋のゼームス坂』（2005年）、『悪い神』（09年）、評論集に『詩的クロノス』（12年）がある。10年10月、出版社を退職。現在、フリーランスの書籍校閲者。11年7月より詩誌「LEIDEN」同人。

無言歌　詩と批評

2015年11月10日　初版第1刷印刷
2015年11月25日　初版第1刷発行

著　者　築山登美夫
発行者　森下紀夫
発行所　論 創 社
東京都千代田区神田神保町 2-23　北井ビル
tel. 03（3264）5254　fax. 03（3264）5232　web. http://www.ronso.co.jp/
振替口座　00160-1-155266
装丁／宗利淳一
印刷・製本／中央精版印刷　組版／フレックスアート
ISBN978-4-8460-1479-7

落丁・乱丁本はお取り替えいたします。